纳蘭性德全集

纳兰文
殊胜

纳兰性德◎著　冯其庸◎特邀顾问　尹小林◎主编

国际文化出版公司
·北京·

图书在版编目（CIP）数据

纳兰文·殊胜/（清）纳兰性德著；尹小林主编. —北京：国际文化出
版公司,2016. 10

（纳兰性德全集）

ISBN 978 - 7 - 5125 - 0880 - 4

Ⅰ. ①纳… Ⅱ. ①纳… ②尹… Ⅲ. ①杂文集 - 中国 - 清代

Ⅳ. ①I264. 9

中国版本图书馆 CIP 数据核字（2016）第 216670 号

纳兰文·殊胜

作　　　者	纳兰性德	
特邀顾问	冯其庸	
主　　编	尹小林	
执行主编	张小米	
总　策　划	葛宏峰	
特约策划	刘子菲	
责任编辑	范香宁	
策划编辑	闫翠翠	周书霞
特约编辑	尹稚宁	帖慧祯
美术编辑	李晓东	
出版发行	国际文化出版公司	
经　　销	国文润华文化传媒（北京）有限责任公司	
印　　刷	北京天正元印务有限公司	
开　　本	880 毫米×1230 毫米　　　32 开	
	10. 25 印张　　　　　　210 千字	
版　　次	2016 年 10 月第 1 版	
	2016 年 10 月第 1 次印刷	
书　　号	ISBN 978 - 7 - 5125 - 0880 - 4	
定　　价	49. 00 元	

国际文化出版公司
北京朝阳区东土城路乙 9 号　邮编：100013
总编室：(010)64271551　传真：(010)64271578
销售热线：(010)64271187
传真：(010)64271187 - 800
E - mail：icpc@ 95777. sina. net
http://www. sinoread. com

目 录

卷十五　　渌水亭杂识一 ┈┈┈┈┈┈┈ 1

卷十六　　渌水亭杂识二 ┈┈┈┈┈┈┈ 37

卷十七　　渌水亭杂识三 ┈┈┈┈┈┈┈ 79

卷十八　　渌水亭杂识四 ┈┈┈┈┈┈┈ 101

卷十九　　附录上 ┈┈┈┈┈┈┈ 137

通议大夫一等侍卫进士纳兰君墓志铭　徐乾学 ┈ 138

通议大夫一等侍卫进士纳兰君神道碑文　徐乾学 ┈┈┈
┈┈┈┈┈┈┈ 145

通议大夫一等侍卫进士纳兰君神道碑铭　韩菼 ┈ 149

进士纳兰君哀词　张玉书 ┈┈┈┈┈┈┈ 155

又　杜臻 ·················· 159

又　严绳孙 ················ 163

又　徐倬 ·················· 167

又　翁叔元 ················ 170

又　吴兆宜 ················ 174

诔词　董讷 ················ 178

祭文　严绳孙　秦松龄 ······ 181

又　徐乾学 ················ 184

又　韩菼 ·················· 186

又　朱彝尊 ················ 188

又　翁叔元　曹禾　乔莱　胡士著　蔡升元 ····· 190

又　王鸿绪　翁叔元　徐倬　韩菼　李国亮
　　蒋兴苔　高珩 ········· 192

又　姜宸英 ················ 195

又　顾贞观 ················ 197

又　梁佩兰 ················ 200

卷二十　附录下 ·········· 203

挽诗　徐元文 ·············· 204

又 ······················· 205

又 ······················· 206

又 ······················· 207

又 ······················· 208

又 ······················· 209

又 ······················· 210

纳兰性德全集

又　彭孙遹 ……………………………………………… 211

又　严我斯 ……………………………………………… 212

又 ……………………………………………………………… 213

又 ……………………………………………………………… 214

又 ……………………………………………………………… 215

又　孙在丰 ……………………………………………… 216

又 ……………………………………………………………… 217

又　王又旦 ……………………………………………… 218

又 ……………………………………………………………… 219

又 ……………………………………………………………… 220

又 ……………………………………………………………… 221

又　乔莱 …………………………………………………… 222

又 ……………………………………………………………… 223

又 ……………………………………………………………… 224

又 ……………………………………………………………… 225

又 ……………………………………………………………… 226

又 ……………………………………………………………… 227

又　秦松龄 ……………………………………………… 228

又 ……………………………………………………………… 229

又 ……………………………………………………………… 230

又 ……………………………………………………………… 231

又 ……………………………………………………………… 232

又 ……………………………………………………………… 233

又 ……………………………………………………………… 234

又 ……………………………………………………………… 235

又 ……………………………………………………………… 236

又 ·· 237

又 徐秉义 ·································· 238

又 ·· 239

又 ·· 240

又 朱彝尊 ·································· 241

又 ·· 242

又 ·· 243

又 ·· 244

又 ·· 245

又 ·· 246

又 姜宸英 ·································· 247

又 ·· 248

又 ·· 249

又 ·· 250

又 ·· 251

又 董阎 ···································· 252

又 ·· 253

又 梁佩兰 ·································· 254

又 ·· 255

又 ·· 256

又 ·· 257

又 ·· 258

又 ·· 259

又 ·· 260

又 ·· 261

又 ·· 262

又　　　　　……………………………………………　263

又　　　　　……………………………………………　264

又　　　　　……………………………………………　265

又　徐钪　……………………………………………　266

又　　　　　……………………………………………　267

又　徐嘉炎　…………………………………………　268

又　　　　　……………………………………………　269

又　　　　　……………………………………………　270

又　　　　　……………………………………………　271

又　周清原　…………………………………………　272

又　　　　　……………………………………………　273

又　　　　　……………………………………………　274

又　　　　　……………………………………………　275

又　李澄中　…………………………………………　276

又　　　　　……………………………………………　277

又　徐树榖　…………………………………………　278

又　　　　　……………………………………………　279

又　　　　　……………………………………………　280

又　　　　　……………………………………………　281

又　徐炯　……………………………………………　282

又　　　　　……………………………………………　283

又　　　　　……………………………………………　284

又　　　　　……………………………………………　285

又　王九龄　…………………………………………　286

又　陆肯堂　…………………………………………　287

又　吴自肃　…………………………………………　289

目录

又 ……………………………………………………………… 290

又 邹显吉 …………………………………………………… 291

又 ……………………………………………………………… 292

又 杨辉 ……………………………………………………… 293

又 吴雯 ……………………………………………………… 294

又 ……………………………………………………………… 295

又 ……………………………………………………………… 296

又 ……………………………………………………………… 297

又 邵锦标 …………………………………………………… 298

又 刘雷恒 …………………………………………………… 299

又 ……………………………………………………………… 300

又 ……………………………………………………………… 301

又 ……………………………………………………………… 302

又 宋大业 …………………………………………………… 303

挽词 满江红 蔡升元 ……………………………………… 304

又 ……………………………………………………………… 305

又 ……………………………………………………………… 306

满江红 沈朝初 …………………………………………… 307

又 ……………………………………………………………… 308

又 ……………………………………………………………… 309

又 ……………………………………………………………… 310

江城子 高裔 ……………………………………………… 311

满江红 华鲲 ……………………………………………… 312

洞仙歌 俞兆曾 …………………………………………… 313

又 ……………………………………………………………… 314

又 ……………………………………………………………… 315

纳兰性德全集

又 ………………………………………………………… 316

又 ………………………………………………………… 317

又 ………………………………………………………… 318

目

录

卷十五 渌水亭杂识一

癸丑病起①，披读经史②，偶有管见③，书之别简，或良朋莅止④，传述异闻，客去，辄录而藏焉。逾三四年，遂成卷，曰《渌水亭杂识》，以备说家之浏览云尔⑤。

【笺注】

①癸丑：康熙十二年（1673）。是年，纳兰参加科举考试，中举后却因病未能参加殿试。

②披读：翻开，阅读。

③管见：狭隘的见识，如从管中窥物。多用作自谦之辞。

④莅（lì）止：来临。

⑤说家：注家或评论家。汉王充《论衡·正说》："说家以为譬喻增饰，使事失正是，诚而不存。"

燕山窦十郎故居①，或云在城西，或云在昌平，或云在涿州，或云在蓟州。当时冯瀛王道赠诗有"灵椿一株老"之句②，今北城有灵椿坊，疑是十郎旧里，此灵椿所以名坊也。

①窦十郎：窦燕山，即窦禹钧，五代后晋人。家乡蓟州渔阳，地处燕山一带，故称窦燕山。《三字经》说："窦燕山，有义方。教五子，名俱扬。"

②冯瀛王道：冯道，字可道，自号长乐老，五代人。后唐长兴三年（932），倡议国子监校定《九经》文字，雕版印刷，至后周完成，世称"五代监本"。官府大规模刻书自此开始。死后，后周世宗追封为瀛王，故称。赠诗：《宋史·窦仪传》卷二百六十三："仪学问优博，风度峻整。弟俨、侃、偁、僖，皆相继登科。冯道与禹钧（窦仪父）有旧，尝赠诗，有'灵椿一株老，丹桂五枝芳'之句，缙绅多讽诵之，当时号为'窦氏五龙'。"

元时，海子岸有万春园①，进士登第，恩荣宴后②会同年于此，宋显夫诗所云"临水亭台似曲江"也③，今失所在。元有甄氏访山亭④，在城西，今莫详其处矣。

【笺注】

①海子：什刹海。万春园：又作万春园。元时，万春园曾是进士们中举后聚集庆贺之地。《钦定日下旧闻考》卷五四亦引。史臣按云："万春园久废，以其地考之，当近火神庙后亭云。"火神庙位于万宁桥，即地安门外的地安桥西北侧，又称火德真君庙，明天启年间起至清末为皇家祭祀火神之地。《什

刹海志》载："据传始建于唐贞观六年（632），元至正六年（1346）重修。明万历三十三年（1605）重修，改作琉璃瓦顶，并建重阁。火神庙为四重殿宇，殿后有后亭，可望什刹海。"

②恩荣：谓受皇帝恩宠的荣耀。

③宋显夫：宋褧（jiǒng），字显夫，大都宛平（今属北京市）人。累官至翰林直学士，兼经筵讲官。卒赠范阳郡侯，谥文清。诗所云：宋褧泰定元年（1324）甲子登第，三月十三日崇天门唱名，四月二十六日帝恩荣宴，四月二十九日同年会于海岸之万春园，五月一日赐章服，五月二十一日上表谢恩。作《同年会》一诗："临水亭台似曲江，同年人物宴华堂。婵娟笑弄龙香拨，醽（líng）醁（lù）深涵鸟羽觞。醉后方言频尔汝，座中除目互平章。从来期集输京洛，仍见诗歌播八方。"

④元有甄氏访山亭：甄氏，未详所指宋陈观《题甄氏访山亭二首》："水流花落石生云，日静风暄草欲薰。老去风流犹未减，一邱一壑尚勤勤。""雨后西山翡翠堆，结亭直欲近岩隈。从今记取溪头路，一日须来一百回。"

李长沙赐第在西长安门西①，俗呼李阁老胡同是也。其别业在北安门北②，集中西涯十二咏③，程篁墩学士和之④，有桔橰亭、杨柳湾、稻田、菜园、莲池，而响闸、钟鼓楼、慈恩寺、广福观皆在十二咏中⑤。今其遗址不可问，当在越桥相近。盖响闸即越桥下闸，而钟鼓楼则园中可遥望尔。

【笺注】

①李长沙：明代宰相、文学家李东阳，字宾之，号西涯。祖籍湖广长沙府茶陵，故称李长沙。行伍出身，入京师戍守，属金吾左卫籍。天顺八年（1464）举二甲进士第一，官至特进、光禄大夫、左柱国、少师兼太子太师、吏部尚书、华盖殿大学士。死后赠太师，谥文正。长安门：建于明永乐十八年（1420），左右各一门，长安左门称作"龙门"，长安右门称"虎门"。清改大清门，辛亥革命后改中华门，1959年拆除。

②北安门：明朝修建，与天安门相对，清时改称地安门。

③西涯：指北京市什刹海西北角玉河水围之地。李东阳生于此地，且是其幼时所居之地。曾作《西涯杂咏十二首》。

④程篁墩：明代官员、学者程敏政，字克勤，号篁墩，休宁（今属安徽）人。成化进士，官至礼部右侍郎，著述繁赡著称，与李东阳、陈音齐名。著有《篁墩文集》。编有《宋遗民录》《皇朝文衡》等。

⑤皆在十二咏中：《东海集·诰命碑阴记》云："曾祖，洪武初以兵籍隶燕山右护卫，挈先祖少傅始居白石桥之旁后廓禁城，其地已入北安门之内，则移于慈恩寺之东海子之北。又云：吾祖代父役靖难之师，实在行伍，以功得小旗，迁居海子之西涯，坐贾为养。然则西涯者，即海子之北、慈恩寺之东也。集中重经西涯诗甚多"，但"其与程敏政倡和西涯十二咏，所咏不尽在别业中，大约举其左右之相近者而悉咏之，韩愈所谓某水某邱意也"。

红螺山大明寺碑①，元昭文馆大学士、

太史院使、领司天监事樊从义撰文，宣文阁监书博士兼经筵译文官王与书。称寺始于唐②，金世宗大定间③，召佛觉禅师于真定之弘济④，来住兹山。元仁宗时，诏云山禅师以荣禄大夫、大司空、佩一品银章主大圣安寺，内侍大司徒王伯顺以大明为圣安宗派，请太皇太后发帑五万为修寺之资。至正中⑤，云山从圣安归老于此，尽捐前后所赐金帛重修焉。盖沙门检校司空，在辽时已然，金元循之不改也。碑又云两红螺死，为双浮图瘗之寺中⑥。今寺南一池曰红螺池，三面皆果园，花时游览颇胜。殿西有竹一亩。寺东南二里许，为明怀宁侯孙武敏公墓⑦，有两碑，一李贤撰，一彭时撰，中一碑刻谕祭文。

【笺注】

①红螺山大明寺：红螺山，在今北京怀柔城北。明刘侗《帝京景物略》卷八："怀柔县北二十里，有山，高二百仞，石山也。山有潭当山之顶，潭有螺二，如斗，色殷红，时放焰光，照射林麓，以是故名红螺山。"大明寺，建于东晋，扩建于盛唐，明正统年间易名"护国资福禅寺"，俗称"红螺寺"。

②称寺始于唐：元至正十六年（1356），昭文馆学士樊从

义撰《红螺寺大明寺碑》："峨峨佛刹山之阳，开基创建于盛唐。"

③大定：金世宗完颜雍年号（1161—1189）。

④佛觉禅师：当为金代高僧海慧。《大明高僧传》卷七曰："金国人也，幼而英敏，曾携锡燕都，遍历禅寺。皇统五年（1145）海慧入寂，火浴获舍利五色无算。光明彻于空表异香弥旬。金主偕后太子亲王百官设供五日。奉分五处建塔。谥曰佛觉祐国大师。"以此，前文中"金世宗大定间"疑似有误。

⑤至正：元惠宗年号（1341—1370）。

⑥瘗（yì）：掩埋，埋葬。

⑦明怀宁侯孙武敏公：明朝总兵孙镗，字振远，指挥佥事，充左参将，"宪宗初罢官闲住，成化七年（1471）正月十五日卒，年八十。赠涞国公，谥武敏"。

呼奴山白云观有元大德八年集贤学士宋渤碑①。

【笺注】

①呼奴山白云观：元宋渤《白云观记略》："真人张霞卿弟子张道宽，居顺州之呼奴山白云道观，能以符水救人。大丞相东平王尝有疠生体中，医药罔效，道宽治以符水，遂愈，王为之构观云。呼奴山，亦名狐奴山，位于今北京顺义区木林、北小营两乡交界处。"大德：元成宗年号（1297—1307）。大德八年为1304年。宋渤：字彦齐，元末诗人、书法家，官至集贤殿学士。

千佛寺建于明万历初①，中有长沙杨守鲁、安阳乔应春二碑，皆镇阳林潮书，潮以鸿胪寺主簿直文华殿中书。应春碑称诸天阿罗汉皆太监杨用所铸②，刘同人《帝京景物略》乃谓为朝鲜国王所贡，当以碑为实也。

【笺注】

①千佛寺建于明万历初：万历：明神宗朱翊钧年号（1573—1620）。《帝京景物略》："孝定皇太后建千佛寺于万历九年。殿供毗卢舍那佛，座绕千莲，莲生千佛，分面合依，金光千朵。时朝鲜国王送到尊天二十四身，阿罗汉一十八身，诏供寺中。……寺在德胜门北八步口。寺南一里，有小千佛寺焉。"清雍正十一年（1733），"奉敕重修，赐名拈花寺。殿外额曰'觉岸慈航'，世宗宪皇帝御书"。

②皆太监杨用所铸：明乔应春《新建护国报恩千佛寺宝像碑略》："大司礼枢辅冯公，上承圣母皇太后命，特建宝刹于是。御马监太监杨君用，受遍融上人指，铸毗卢世尊，莲花宝座千佛旋绕四向，若朝者然。铸十八罗汉、二十四诸天，复塑伽蓝、天王等像。工始于万历庚辰（1580），浃岁而告成。辛巳（1581）秋七月既望立石。"

药王庙，天启中魏忠贤所建①。落成

时，帝加奖谕，赐赉甚厚。当年必有丰碑，今无片石，盖为人所踣矣。

龙华寺明碑二。其一播阳释道深撰，广陵赵昂书，抚宁侯朱永篆额；其一金陵朱之蕃撰，高阳孙承宗篆额，永春李开藻书，文辞甚俚，不足观。

资福寺，明正统间僧圆昇建②，至嘉靖初，尚膳监太监马潮修之③。中有山西按察司佥事、督理宣府边储四明钱俊民碑，书之者礼部左侍郎任丘李时也。殿前梵塔上勒片石，有壬寅三月三日字，未知何时所建。明正德癸酉，司礼监太监张雄建寺于宛平县香山乡畏吾村，赐额曰大慧，并护敕勒于碑。寺有大悲殿，重檐架之④，中范铜为佛像⑤，高五丈，土人遂呼为大佛寺。嘉靖中，太监麦某提督东厂，于其左增盖佑圣观。于是合寺观计之，殿宇凡一百八十三楹，拓地四百二十一亩。盖是时世宗方信道士而厌缁流⑥，内官惟恐寺刹之毁，故建道观于其旁，而寺后之山，又有真武祠，藉此以存寺也。寺之始建，大学士茶陵李东阳为碑，工部

尚书汤阴李镛书之，新宁伯谭祐篆额。其
增置佑圣观也，大学士余姚李本撰文，礼
部尚书高安吴山书之，成国公朱希忠篆
额。其后万历壬辰重修⑦，则太子太保、
礼部尚书太仓王锡爵撰记。

【笺注】

①天启：明熹宗（朱由校）年号（1621—1627）。
②正统：明英宗朱祁镇年号（1436—1449）。
③嘉靖：明世宗朱厚熜年号（1522—1566）。
④重檐：两层屋檐。
⑤范铜：铸铜。
⑥缁流：僧徒。僧尼多穿黑衣，故称。
⑦万里壬辰：万历二十年，1593 年。

功德寺有木毬使者①，其事近于怪。
按宋张世南《游宦纪闻》载："雪峰寺僧
义存，于唐懿宗咸通十一年开山创寺②。
乾符二年③，赐号真觉禅师。寺有木毬，
相传受真觉役使，呼仆延客，毬皆自往
来。嘉泰间④，寺灾，毬忽滚入池中，得
不坏。"然则以木毬为使，浮屠固有其术，
盖有先版庵而役之者矣。

【笺注】

①木毬使者：同"木球使者"。传说可供役使的木球。

②咸通：唐懿宗年号（860—874）。咸通十一年为870年。

③乾符：唐僖宗年号（874—879）。乾符二年为875年。

④嘉泰：宋宁宗年号（1201—1204）。

五台山僧侈言娑罗树灵异，至画图镂版。然如巴陵、淮阴、安西、伊洛、临安、白下、峨嵋山在处有之。闻广州南海神庙四本特高，今京师卧佛寺二株亦有干霄之势①。顾或著或不著，草木亦有幸不幸也。

【笺注】

①卧佛寺：北京市西山北的寿牛山南麓、香山东侧的十方普觉寺。该寺始建于唐贞观年间，原名兜率寺，又名寿安寺。清雍正十二年重修后改名为普觉寺。因唐代寺内就有檀木雕成的卧佛。后元代又铸造了一尊释迦牟尼佛涅槃铜像，故称"卧佛寺"。《帝京景物略》卷六："香山之山，碧云之泉，灌灌于游人。北五里，日游卧佛寺，看娑罗树也。……寺内即娑罗树，大三围，皮鳞鳞，枝槎槎，瘿累累，根挂挂，花九房峨峨，叶七开蓬蓬，实三棱陀陀，叩之丁丁然。周遭殿墀，数百

年不见日月，西域种也。初入中国，崤山、天台，与此而三。游者匝树则返矣，不知泉也。……寺唐名兜率，后名昭孝，名洪庆，今日永安。以后殿香木佛，又后铜佛，俱卧，遂目卧佛云。"干霄：高入云霄。

怀柔城极坚整，西南在平地，东北则因山为之，其南瓮城可盘马①。丽谯片石②，记万历九年增修丈尺③，末云："并用纯灰铺底，灌捼全完，以垂永久。宜其历百年尚如新筑也。"

【笺注】

①盘马：谓骑在马上驰骋回旋。

②丽谯：华丽的高楼。《庄子·徐无鬼》："君亦必无盛鹤列于丽谯之间。"郭象注："丽谯，高楼也。"成玄英疏："言其华丽嶕峣也。"

③万历九年：1581年。

钓鱼台在怀柔县西三里，山水殊胜。涧流至此①，广丈余，横版桥以渡。东南一望，渚烟村树②，仿佛江乡。

【笺注】

①涧流：山间的水流。

②渚烟：笼罩在小洲上的烟雾。

　　琼华岛土取自塞外，《辍耕录》《西
轩客谭》可稽也[①]。石移自艮岳[②]，明宣
宗《广寒记》可证也。

【笺注】

　　①《辍耕录》：有关元朝史事的札记。一名《南村辍耕
录》，三十卷。元末明初人陶宗仪著。西轩客谭：《西轩客
谈》。明代无名氏著。杂谈自然天气变化、山水名色、古人诗
文琐事等。

　　②艮岳：宋代的著名宫苑。宋徽宗政和七年（1117）兴
工，宣和四年（1122）竣工，在今河南开封城内东北隅。因在
国都之艮位，故名艮岳，宣和四年徽宗自为《艮岳记》。

　　西山有君子口，疑即《寰宇记》所云
"君子城"，讹为"箕子城"者也[①]。

【笺注】

　　①"君子城"，讹为"箕子城"者也：宋乐史《太平寰宇
记·河北道·蓟县》："君子城，《郡国志》云箕子城，石勒每
破一州，必简别衣冠，号为君子城。洎平幽州，擢荀绰、裴宪
等还襄国，经此，后俗讹为箕子城。"

驾到口在西山，其日驾到，不知何年事。

斋堂村在西山之北百余里，产画眉石处也①。元豫章熊自得偕崇真张真人往居②，撰《燕京志》。欧阳玄功、张仲举皆有诗送之③。玄功诗云："先生去隐斋堂村，境趣佳处如桃源。西出都门二百里，山之蓥屋水浩疃④。一重一掩一聚落，一溪十渡深而浑。羊肠险径挂山腹，蜂房小屋粘云根⑤。立当阨塞若关隘，视入衍沃同川原⑥。市朝甚迩俗尘远⑦，土产虽少人烟繁。锄畬艺陆宜麦菽⑧，树栅作圈收鸡豚。园蔬地美夏不燥，煤炭价贱冬常温。前年熊郎入卖药，施贫者药人感恩。熊君携笈今就子，绕舍木叶书缤缛⑨。崇真真人又继往，况是偓佺之子孙⑩。紫箫夜吹辽鹤至⑪，林响谷应松风喧⑫。登高东望直沽口，海日涌出黄金盆。应怜曼倩恋象阙⑬，坐羡庞公归鹿门⑭。"仲举诗云："燕垂赵际中有村，正在西湖之上源。源头落花每流出，亦有浴凫时在疃。隐君葺茅据幽胜，仿佛小庄如陆浑⑮。环之苍松数十树，拔出太古虚无根⑯。攒峰叠壁何盘盘⑰，地多硗碛少平原⑱。先生生计虽苦薄，最喜静无人事繁。黄精本肥术苗脆⑲，疆场有瓜牢有豚。吟诗作画百不理，一家笑语常春温。功名只遣世涂累，饱暖已荷皇天恩。近闻京志将脱稿，贯穿百氏手自缮。朱黄堆案墨满砚⑳，钞写况有能书孙。云晴辄辱羽客去㉑，谷熟方来山鸟喧。土床炕暖石窑炭，黍酒香注田家盆。要知精舍白鹿洞，不待公车金马门。"元之《大一统志》卷帙繁富，考证亦綦详矣，而自得复撰《燕京志》，仲举谓其贯穿百氏，必有出于《大一统志》之表者，惜乎其书之不传也。

【笺注】

①产画眉石处也：《燕山丛录》："宛平西斋堂村产石，黑色而性不坚，磨之如墨，金时宫人多以画眉，名曰眉石，亦曰黛石。"《析津志》："画眉石出斋堂，其石烧锅铫盘，虽百年亦不损坏，以此得名。"

②元豫章熊自得：熊梦祥，又作蒙祥，字自得，号松云道人。"博闻强记，旁通音律，尤工翰墨，得米老家法，而兴致幽远。"元末，以茂才异等荐为白鹿洞书院山长，曾任大都路

儒学提举、崇文监丞。其晚年与道士张仲举隐居于京西深山里的斋堂村（今门头沟区斋堂镇），写成《析津志》一书。

③欧阳玄功：欧阳玄，字元功，号圭斋，欧阳修的后裔，元代史学家、文学家。

④鳌（zhōu）屉（zhì）：山水盘曲貌。浩亹（mén）：水名。亦名河，今名大通河。源出祁连山脉东段托来南山和大通山之间，东南流经甘肃、青海边境，在民和县享堂入湟水。《汉书·地理志下》："金城郡……浩亹，浩亹水出西塞外，东至允吾入湟水。"颜师古注："浩音诰。浩，水名也。亹者，水流峡山，岸深若门也……今俗呼此水为阁门河，盖疾言之，浩为阁门耳。"

⑤云根：深山云起之处。

⑥衍沃：平坦肥美的土地。《左传·襄公二十五年》："井衍沃。"杜预注："衍沃，平美之地。"

⑦市朝：指争名逐利之所。《战国策·秦策一》："臣闻争名者于朝，争利者于市。今三川、周室，天下之市朝也。"尘远：世俗人的踪迹。

⑧畬：焚烧田地里的草木，用草木灰做肥料的原始耕作方法。

⑨缤繙：翻动。

⑩偓（wò）佺（quán）：古传说中的仙人名。《史记·司马相如列传》："偓佺之伦暴于南荣。"司马贞索隐引韦昭曰："古仙人，姓偓。"汉刘向《列仙传·偓佺》："偓佺者，槐山采药父也，好食松实，形体生毛，长数寸，两目更方，能飞行逐走马。"

⑪辽鹤：指辽东丁令威得仙化鹤归里事。辽东人丁令威，学道后化鹤归辽，徘徊空中而言曰："有鸟有鸟丁令威，去家

千年今始归。”事见晋陶潜《搜神后记》卷一。后以"辽鹤"指代千年。

⑫松风：松林之风。

⑬象阙：犹象魏。古代天子、诸侯宫门外的一对高建筑，亦叫"阙"或"观"，为悬示教令的地方。借指宫室，朝廷。《周礼·天官·太宰》："正月之吉，始和，布治于邦国都鄙，乃县治象之法于象魏，使万民观治象，挟日而敛之。郑玄注引郑司农曰："象魏，阙也。"贾公彦疏："郑司农云，'象魏，阙也'者，周公谓之象魏，雉门之外，两观阙高魏魏然，孔子谓之观。"

⑭鹿门：鹿门山之省称。在湖北省襄阳县。后汉庞德公携妻子登鹿门山，采药不返。后因用指隐士所居之地。

⑮陆浑：古地名。也称瓜州，原指今甘肃敦煌一带。春秋时秦晋二国使居于其地之"允姓之戎"迁居伊川，以陆浑名之。汉置县。五代废。故城在今河南省嵩县东北。《史记·匈奴列传》："于是戎狄或居于陆浑，东至于卫，侵盗暴虐中国。"裴骃集解引徐广曰："一为'陆邑'。"司马贞索隐："《春秋左氏》：'秦晋迁陆浑之戎于伊川。'杜预以为'允姓之戎居陆浑，在秦晋之间，二国诱而徙之伊川，遂从戎号，今陆浑县'是也。"

⑯太古：远古，上古。

⑰攒峰：密集的山峰。

⑱硗（qiāo）磝（áo）：多石，高低不平。

⑲黄精：黄土之精，指土德。此处指田地。术：草名，即山蓟。

⑳朱黄：指朱黄两色笔墨。古人校点书籍时用之以示区别。

㉑羽客：特指禽鸟、昆虫。

  "圣朝建都燕山，民物日富，八九十岁翁敦茂庞硕，朝廷优之，徭役弗事，岁时得升殿上上皇帝寿。百官衣朝服鞠躬以进，视班次惟谨，毋敢越尺寸，而诸耆老高帻博褐，从容暇豫①，以齿后先，门者不敢谁何。视百官退，乃陟峻陛②，承清光，归而娱戏井陌，或骑或步，更过饮食，和气粹如。大驾出，则庞眉黄发③序匀陈环卫间④，见者咸曰：'乐哉，太平之民也。'"此元王士熙《张进中墓表》⑤。进中居京师，亦耆老之一也。进中字子正，善为笔，管以坚竹，毫以鼬鼠⑥，淇上王仲谋、上党宋齐彦、吴兴赵子昂皆与之游。以一笔工而数得持笔以入禁中⑦，观元盛时尊养耆老之典，亦庶几上庠之风矣⑧。

【笺注】

  ①暇豫：悠闲逸乐。《国语·晋语二》："优施起舞，谓里克妻曰：'主孟啗我，我教兹暇豫事君。'"韦昭注："暇，闲

也；豫，乐也。"

②陟峻：高峻。

③庞眉：眉毛黑白杂色。形容老貌。黄发：指老人。老人发白，白久则黄。

④勾陈：钩陈。星官名。《文选·扬雄〈甘泉赋〉》："诏招摇与太阴兮，伏钩陈使当兵。"李善注引服虔曰："钩陈，神名也。紫微宫外营陈星也。"环卫：宫廷禁卫。也指禁卫官。

⑤王士熙：元代文学家王构之子，字继学，元仁宗时官员，曾任浙东廉使，入中书省，参知政事，病逝于任上，追封国公，谥文献。王士熙博学工文，长于乐府歌行，著有诗文集《江亭集》，未见传本，散见于总集，文章保存在《元文类》等书之中。顾嗣立《元诗选·二集》收入其诗一百一十七首，题为《江亭集》。

⑥鼬鼠：黄鼬。俗称黄鼠狼，尾毛可制笔。清王士禛《香祖笔记》卷四："（元张进中）善制笔，管用坚竹，毫用鼬鼠，精锐宜书。"

⑦禁中：帝王所居宫内。汉蔡邕《独断》卷上："禁中者，门户有禁，非侍御者不得入，故曰禁中。"

⑧上庠：古代的大学。《礼记·王制》："有虞氏养国老于上庠，养庶老于下庠。"郑玄注："上庠，右学，大学也。"

明初有玉鸽十二从南方来，飞集燕山。识者谓北平当王，盖兆燕山十二陵也①。

【笺注】

①《明初》两句：明末清初诗人、学者陆元辅，曾著《菊隐纪闻》，书中亦有此两句。

都中遗老述万历间西山戒坛四月游女之盛，钿车不绝，茶棚酒肆相接于路，至有挟妓入寺者。一无名子嘲以诗云："高下山头起佛龛，往来米汁杂鱼盐①。不因说法坚持戒，那得观音处处参。"

【笺注】

①鱼盐：因佛家有鱼篮观音之说，故有解释认为"盐"或当作"篮"。

项羽徙齐王田市为胶东王。徐广曰："都即墨①。"又立齐将田都为齐王，都临淄。又立故秦所灭齐王建孙田安为济北王，都博阳②。正义曰："在济北。"是为三齐。后田荣自立为齐王，并王三齐之地。正义："三齐记云：'右即墨，中临菑淄，左平陆，谓之三齐。'"

【笺注】

①即墨：故址位于胶州半岛，山东省平度市古岘镇大朱毛村一带，因地临墨水河而得名。唐初魏王李泰主编《括地志》云："即墨故城在莱州胶水县南六十里。古齐地，本汉旧县。"明张岱《夜航船》"三齐"："临淄曰东齐，博阳曰济北，蓬州即墨曰胶东。"

②博阳：在今山东省泰安市岱岳区房村镇南阳关一带。春秋时，齐国在此设博邑，鲁国在此之南设龙邑、阳关邑。此后因不同朝代而变更为博阳、博、博平等名。

句吴。按《史记》，泰伯奔荆蛮①，荆蛮义之，从而归者千余家，号曰句吴。正义引《世本注》云："泰伯始所居地名。"许慎《淮南子注》云："吴人语不正，言吴而加以句。"颜师古云："句，夷俗发声，亦犹越为於越。"正义又云："泰伯居梅里，在常州无锡县东南六十里，至十九世孙寿梦居之②，号句吴③。"《吴越春秋》："泰伯号句吴，越在城西北隅，名曰故吴。"注："泰伯所都，谓之吴城，在梅里平墟，今无锡县境。"其后楚封春申君黄歇为相，以吴故墟为都邑，即此也。

【笺注】

①泰伯：姬姓，名不详，亦称太伯，周部落首领古公亶父长子，周代诸侯国吴国第一代君主。古公亶父欲传位季历及其子姬昌（周文王），太伯乃与仲雍让位三弟季历而出逃至荆蛮，建立国家号勾吴。

②十九世孙寿梦：吴王寿梦，春秋时期吴国国君，姬姓，名寿梦（一名乘），字熟姑，吴侯去齐之子，吴侯仲雍十九世孙。

③号句吴：《史记·吴太伯世家第一》：去齐卒，子寿梦立。寿梦立而吴始益大，称王。

吴有数称。《汉书·项羽传》"举吴中兵"，曰吴中。《汉书·灌婴传》"渡江破吴郡长吴下"，按吴县本平地，概言之犹言稷下、敎下云，见叶氏《过庭录》，曰吴下。今人多称平江为吴门，按李德裕文指润州为吴之门户。又王充《论衡》云，孔子与颜渊上泰山，东望吴阊门外，白马如练，充谓："人目所见，不过十里，鲁去吴千有余里，使离朱望之^①，终不能见。他书作吴门，而此云阊门者，误也。此吴门即冀郭门也，冀与鲁为邻，非今阊门，明矣。又见《汉·五行志》。洪州亦有吴门镇，曰吴门。又吴县有大吴乡，曰大吴，沈休文《安陆王碑文》鸿骞旧吴"，李善注："刘琨劝进表'奄有旧吴'"，曰旧吴。梁简文帝《浮海石像铭》云"长处全吴"，今昆山有全吴乡，又长洲县上元乡全吴里是也。梁同光二年^②，升苏州为中吴军节度。吴越时称中吴府，亦曰东吴。

【笺注】

①离朱：犹离娄。传说中视力特强的人。《孟子·离娄上》："孟子曰：'离娄之明，公输子之巧，不以规矩，不能成方圆。'"焦循正义："离娄，古之明目者，黄帝时人也。黄帝亡其玄珠，使离朱索之。离朱，即离娄也，能视于百步之外，见秋毫之末。"

②同光二年：同光，后唐庄宗年号（923—926）。

吴会。世多称平江为吴会，意谓吴为东南一都会也，自唐以来如此。今郡中有吴会亭，府治前有吴会坊，皆承其误。按《史》《汉》等书所载，皆以吴会为吴越。《汉·吴王濞传》："上患吴会轻悍^①。"此时未分会稽为吴郡，盖指吴会稽之地耳。

至吴郡既立之后，若曹子建诗云："行行至吴会，吴会非吾乡。"诸葛孔明论荆州形势云："东连吴会。"东汉《蔡邕传》云："寄命江海，远迹吴会。"谢承《后汉书·施延传》云："吴会未分"吴张纮谓："收兵吴会，则荆扬可一。"王羲之为会稽内史，时朝廷赋役繁重，吴会尤甚。石崇论伐吴之功曰"吴会僭逆"，则斥言孙氏。《庄子释文》："浙江今在余杭郡，后汉以为吴会分界，今在会稽钱塘。"已上皆指二浙之地。又按《吴·孙贲传》："策已平吴、会二郡。"《朱桓传》云："使部伍吴、会二郡。"宋褚伯玉，吴郡钱塘人，隐居剡山，齐太祖即位，手诏吴、会二郡以礼迎遣。六朝亦有下吴、会两郡造船若干者。此类甚多，证据尤切。或谓为会稽二字，可独称会乎？按宋元嘉时[2]，以扬州浙西属司隶校尉，而分浙东五郡立会州，以隋王诞为刺史。晋宋间亦以会稽为会土，故谢灵运有《会行吟》，此独称会之徵也。

①轻悍：轻捷勇悍。

②元嘉：南朝宋文帝年号（424—453）。

　　苏台。《青箱杂记》云："苏州有姑苏台①，故谓苏台。相州有铜雀台，滑州有测景台，故亦称相台②、滑台③。"又见古迹考。

【笺注】

①姑苏台：在姑苏山上，相传为吴王夫差所筑，亦作"姑胥台"。《墨子·非攻中》："（夫差）遂筑姑苏之台，七年不成。"孙诒让间诂："按《国语》以筑姑苏为夫差事，与此书正合……《越绝》以姑苏为阖闾所筑，疑误。"

②相台：相州（今河北省临漳县）的别名。州有铜雀台，故名。宋吴处厚《青箱杂记》："相有铜雀台，故相州谓之相台。"

③滑台：今河南省滑县。相传古有滑氏，于此筑垒，后人筑以为城，高峻坚固。唐李吉甫《元和郡县志·河南道四·滑州》："州城即古滑台城，城有三重，又有都城，周二十里，相传云卫灵公所筑小城，昔滑氏为垒，后人增以为城，甚高峻坚险，临河亦有台。"

　　三楚。《史记·货殖传》："淮南为西

楚；彭城以东，东海、吴、广陵为东楚；衡山、九江、江南、豫章、长沙为南楚。"孟康曰："旧名江陵为南楚，吴为东楚，彭城为西楚。"

水乡。陆士衡《答张士然》诗云："余固水乡士。"注①："吴地也。"当时水势澜漫，流亦湍急，自后人筑堤立塘，村市错置，水稍平减，流渐宽缓。

【笺注】

①注：此注出自李善所著《文选注》。

三吴之说，互有不同。《十道四蕃志》以吴郡、丹阳、吴兴为三吴①。《通典》及《元和郡县图志》并同。又以义兴、吴郡、吴兴为三吴。《郡图志》同。郦道元注《水经》云："永建中②，阳羡周嘉上书③，以县远赴会至难，求得分置，遂以浙江西为吴，东为会稽。后分为三，号三吴，即吴兴、吴郡、会稽也。"按《晋书》，咸和三年④，苏峻反，吴兴太守虞潭与庾冰、王舒等起义兵于三吴。时冰为吴郡、舒为会稽，则是吴郡、吴兴、会稽为三吴矣。安帝隆安三年⑤，孙恩陷会稽，刘牢之遣将桓宝率师救三吴。及陶回为吴兴太守，时大饥，谷贵，三吴尤甚，回开仓赈之，不待诏及，割府库军资以救乏绝，一境获全，诏会稽、吴郡依回赈恤。据此则与水经合矣。又《虞潭传》，苏峻反，潭为吴兴太守，诏加潭督三吴、晋陵、宣城、义兴五郡事。孝武帝宁康二年⑥，太后诏曰："三吴奥壤⑦，水旱并臻⑧，宜时拯恤。三吴、义兴、晋陵及会稽遭水之县，全除一年租。"以此两事考之，则义兴固在三吴之外，而太后之诏亦不在三吴之数，岂一时称谓初无定说，抑史传各有详简差互耶？或云虞潭所督三吴、晋陵、宣城、义兴计六郡，而称五郡，潭自为吴兴，增督五郡，盖丹阳其一也。桓宝救三吴者，以孙恩既陷会稽，遂逼吴中，故云。今当以《十道四蕃志》及《郡图志》别说为正⑨。

【笺注】

①《十道四蕃志》：唐武周时梁载言所撰的唐代全国地理

总志，共计 16 卷。

②永建：东汉汉顺帝刘保的第一个年号（126—132）。

③周嘉：《太平御览》："《后汉书》曰：周嘉字惠文，仕郡为主簿。王莽末，群盗入汝阳，嘉从太守何敞讨贼，为流矢所中。贼围十重，白刃交集，嘉以身捍之，曰'嘉请以死赎君命'，后太守寇恂举为孝廉，拜侍郎。引见，问遭难之事，诏嘉尚公主，嘉称疾不肯当。"

④咸和：东晋成帝年号（326—334）。咸和三年为 328 年。

⑤隆安：东晋安帝司马德宗年号（397—401）。隆安三年为 399 年。

⑥宁康：东晋孝武帝司马曜年号（373—375）。宁康二年为 374 年。

⑦奥壤：谓腹地。

⑧并臻：一齐到来。

⑨《郡国志》：《二十四史》中，记载地理情况和各级行政区划的史书。志，史书中的一种体例，《史记》中称"书"，《汉书》中称"志"，主要记载关于天文、地理、律法、刑法、河流、礼仪等典章制度。

陆广微《吴地记》以金陵为中吴①，鄂州为南吴，武昌为下吴，即三吴也。《地理指掌图》②"三吴，今苏、润、湖州"，亦据吴、丹阳、吴兴三郡而言也。

【笺注】

①陆广微：唐学者。吴（今苏州）人，约于僖宗乾符三

年（876）撰成《吴地记》一卷，多记古国吴地之事。

②《地理指掌图》：中国现存最早的一部历史地图集，北宋税安礼撰，南宋赵亮夫增补，又称《历代地理指掌图》。

虎丘山在吴县西北九里，唐避讳曰武丘。先名海涌山。高一百三十尺，周二百十丈。山在郡城西北五里。《吴地记》云："去吴县西九里二百步。"遥望平田中一小丘，比入山，则泉石奇诡，应接不暇。《吴越春秋》："阖闾葬此三日，金精为白虎踞其上①，因名虎丘。"《郡县志》云："秦皇凿山以求珍异，孙权穿之亦无所得，其凿处遂成深涧。今剑池两崖划开，中涵石泉，深不可测，为吴中绝景。王元之、张敬夫皆有铭。"晋王珣《虎丘铭》曰②："虎丘先名海涌山，山大势四面周回，岭南则是山径，两面壁立，交林上合，蹊路下通，升降窈窕，亦不卒至。"王僧虔《吴地记》云③："虎丘山绝岩耸壑，茂林深篁，为江左丘壑之表。吴兴太守褚渊昔尝述职，路经吴境，淹留数日，登览不足，乃叹曰：今之所称，多过其实，今睹虎丘，逾于所闻。斯言得之矣。"顾野王《虎丘山序》

云："高不抗云，深无藏影。卑非培塿④，浅异棘林。路若绝而复通，石将断而更缀。抑巨丽之名山，信大吴之胜壤也。"御史中丞沈初明等游山赋诗，并书屋壁。梁郡守谢举有虎丘山赋。宋何求及二弟点、胤，陈顾越，唐史德义并隐此山。绍兴中，洛人尹焞避地山中，书堂存焉。旧有东西二寺，即王珣别馆，皆在山下。山半大石盘陀数亩，高下如刻削，因神僧竺道生于此说法，号千人坐石，他山所无。白莲池、虎跑泉亦生公遗迹。陆羽泉即藏殿侧石井，试剑石因大石中裂故名，及望海楼、真娘墓，皆有古人赋咏。

【笺注】

①金精：指太白星。北周庾信《哀江南赋》："地则石鼓山鸣，天则金精动宿。"倪璠注引石氏《星经》："昴者，西方白虎之宿，太白者，金之精。太白入昴，金虎相薄，主有兵乱。"

②王珣：东晋书法家，字元琳，小字法护。王珣以才学文章受知于孝武帝司马曜。董其昌称其"潇洒古澹，东晋风流，宛然在眼"。《全晋文》收录有其所著的《虎丘山铭》。

③王僧虔：南朝齐书法家，字简穆，琅琊临沂人，王羲之

四世族孙。喜文史，善音律，工真、行书。此处《吴地记》或为王僧虔所著《吴郡地理记》的省称。

④培塿（lǒu）：小土丘。本作"部娄"。《左传·襄公二十四年》："部娄无松柏。"杜预注："部娄，小阜。"汉应劭《风俗通·山泽·培》引《左传》作"培塿"。

旧称虎丘为王珣宅，未审所据。王劭《诸州舍利感应记》："虎丘山寺，其地是晋司徒王珣琴台。"是矣。

三江。《史记正义》曰："在苏州东南三十里，名三江口。下文"于分处号三江口"，此三十里太近。一江西南上七十里至太湖，名曰松江，古笠泽江。一江东南上七十里白蚬湖，名曰上江，亦曰东江。一江东北下三百余里入海，名曰下江，亦曰娄江。三百里当云二百余里。于其分处号三江口。"顾夷《吴地记》云：顾野王《地理志》同。"松江东北行七十里得三江口，东北入海为娄江，东南入海为东江，并松江为三。"《水经》云："松江自太湖东北流径七十里，江水奇分，谓之三江口。"《吴越春秋》称范蠡去越，乘舟出三江之口，入五湖之中，此亦别为三江五湖。庾仲初《扬都赋》注："太湖东注为松江，下七十里有水口，流东北入海为娄江，东南入海为东江，与松江而三也。"古迹如此，先儒蔡仲默取以证禹贡之说。

吴王阖闾十九年伐越，越王句践迎击之，吴败于槜李。《左传》谓阖庐伤将指，卒于陉。《史记》乃谓败之姑苏，自是夫差败处。《史记正义》谓姑苏、槜李相去百里，疑太史公误。又吴王夫差二年，悉兵伐越，败之夫椒，报姑苏也。此语亦当云报槜李矣。

姑胥台，台因山名，合作胥，今作苏者，盖吴音声重，凡胥、须字皆转而为苏，故后人直曰姑苏。隋平陈，乃承其讹改苏州。以《吴越春秋》《越绝》二书考之，一作姑胥，一作姑苏，则胥、苏二字其来远矣。

山得水而景物奇变。泰山在平地，不及匡庐之多态①。澎浪为彭郎，小孤为小姑，诗人借景作情，不宜坚索故实。

【笺注】

①匡庐：指江西的庐山。相传殷周之际有匡俗兄弟七人结庐于此，故称。

牡丹近数曹、亳，北地则大房山僧多种之，其色有天红浅绿，江南所无也。

白樱桃生京师西山中，微酸，不及朱樱之甘硕。

福建、江西、广东深山中有畲民，同于猺獞，不与平民相接。有作工于民家者，食之阶石，不以人礼待之。其人射鸟兽，种麦，此山住一二年，移至别山，官府不能制。有数种姓，自相婚配。

今之黑鬼，可人可鱼，晋时谓之崐崘，即蛋民也[①]。海船用以守缆，恐为鱼蟹所伤。

【笺注】

①蛋民：蛋人。蛋，通"蜑"。南方沿海从事渔业的水上居民。

高丽、日本之间海中有釜山，为往来之中顿。海道无程，而顺风行一日夜可得千里。贸易者曾有顺风行五日至长岐岛者，故知其国去宁波五千里。

日本海中有鱼，与人无异，而秃首有尾，通番者谓之海和尚①。

【笺注】

①通番：与海外往来。

日本至中国，海面五千里，而禽鸟有来去者，望见海船即来息力于樯篷①，倦不能动。或施之以米，或掇而食之。

【笺注】

①樯篷：船帆和桅杆。

日本之外有一国，彼人谓之东京。其间有夜海，白日昏黑，得见天星，海水有一处高起二三丈如槛然。凡有东京贩者，而日本人为驵侩①，则中国货贵，若日本居货以待东京人之来，则贱也。日本入操场练兵必以夜，盖灯火整乱易见也，其教艺处不令中国人见之。

【笺注】

①驵（zǎng）侩（kuài）：说合牲畜交易的人。后泛指经纪人、市侩。《史记·货殖列传》："通邑大都酤一岁千酿……佗果菜千钟，子贷金钱千贯，节驵会。"裴骃集解引《汉书音义》："会亦是侩也。"《汉书·货殖传》："节驵侩。"颜师古注："侩者，合会两家交易者也。驵者，其首率也。"

日本，唐时始有人住彼，而留居者谓之大唐街，今且长十里矣。

日本之东北有食人者，倭亦畏甚，因山作关以拒之。倭人精于刀，且不畏死，登岸则难敌，而舟甚小，故汤和立法，于海中以大船冲沉其船。

卷十六 渌水亭杂识二

唐肃宗撤西北边兵平内贼，代、德遂以京师为边镇。明弃三卫亦然。

明于金陵、关中、洛阳无不可都，本朝惟都燕足以兼制南北，而明预建宫殿于三百年前，天也。

陆广微《吴地记》云，宋时苏州田租三十万。王圻《续文献通考》云，南宋江南水田每亩租六升。明洪武年，凡淮张之文武亲戚及籍没富民之田，皆为官田。《宣德实录》载太守况钟疏云，苏田以十六分计之，十五分为官田，一分为民田，所以洪武加租至二百二十万也。建文曾减之。燕王篡位，悉复洪武之制，后又渐次增之至二百七十万。苏之田租虽重，其逋负时有蠲赦[1]。民谣曰："朝廷贪多，百姓贪拖。"万历末年，上司恐州县横征，揭榜令民纳至八分，不许复纳。

【笺注】

[1]逋负：拖欠赋税、债务。

宋之漕法，积于半途，次年至京。遇有凶馑处^①，转运使得以转移其间，民以不困。蔡京改为直达，以济徽宗之妄费，而漕法始变。

【笺注】

①凶馑：灾荒，饥馑。

明之军卫，仿唐府军之法，其后官存而军丁渐消，遂无实用，召募起焉。既有召募之兵，而军卫之屯田如故，徒为不肖卫官所衣食，亦困民之一端也。

明都于燕，海运最为便利。《元史》载海运之递负，少者每石不及三合，多者不及三升。然须选近海为官丁乃可。陆地之人，谈海色变，不足与言。

捕勒鱼处当兖、济之东，海运之半道也，何独于北半道而难之？

铸钱有二弊：钱轻则盗铸者多，法不能禁，徒滋烦扰；重则奸民销钱为器。然红铜可点为黄铜，黄铜不可复为红铜。若立法令民间许用红铜，惟以黄铜铸重钱，一时少有烦扰，而钱法定矣。

禁银用钱，洪、永年大行之[①]，收利权于上耳。以求赢利，则失治国之大体。

中国天官家俱言天河是积气，天主教人于万历年间至，始言气无千古不动者，以望远镜窥之，皆小星也，历历分明。

西人云："望远镜窥金星，亦有弦望[②]。"夫月借日光以有光，故有弦望。金星自有光，不仗日光，不知何以有弦望？

【笺注】

①洪、永年：明太祖洪武（1368—1398）至明成祖永乐（1403—1424）。

②弦望：指农历每月初七、八，十五和二十二、三。《鹖冠子·天则》："弦望晦朔，终始相巡。"陆佃解："月盈亏而成弦望。"汉王充《论衡·四讳》："八日月中分谓之弦，十五日日月相望谓之望，三十日日月合宿谓之晦，晦与弦望一实也。"

武侯木牛流马[①]，古有言是小车者。西人有自行车，前轮绝小，后轮绝大，则有以高临下之势，故平地亦得自行，或即木牛流马乎？而坎墙曲折，大费人力也。

【笺注】

①木牛流马：三国蜀诸葛亮创制的运载工具。即独轮车与四轮车。

西人测五星，谓近地二十度，虽晴时亦有清濛气，星体为此气浮而上登，不得其真数，须于此气以上测之，又须有次第乃正。如木、水、金前后相次而行，欲测金星，先测木星在何处，俟其西行至某度，乃于其度测水星，又于水星上测金星，乃不受清濛之混，诚良法也。

西人历法实出郭守敬之上①，中国曾未有也。

西人医道与中国异，有黄液、白液等名。其用药，虽人参亦以烧酒法蒸露而饮之。

西人之字，因人之语声而作之，其书名曰耳目资，唯谐声一门，非六书也。

西人长于象数而短于义理，有书名《七克》，亦教人作善者也。尊其天主为至极，而谤佛又全不知佛道。

后世言历者必宗《元史》，以历书为郭守敬所作，高出古人故也。明朝郑世子之于乐亦然②。余尝谓作《明史·乐书》，宜以冷谦所作用于朝庙者为上卷，刺聚郑世子《乐书》之《精义》为下卷，后世言乐者，亦必宗之同郭守敬矣。

世子于古人惟取管仲、子长之说，而极轻班固、荀勖以下不论也。自汉至宋，能历历详举其故，可谓异人。世子外祖何塘，谓黄钟之体本是一尺③，乃度尺也。以度尺分为九寸，名为律尺④，非有二也。此论既出，孟坚以下之醉梦皆醒矣。世子之学，自何公开之。

【笺注】

①郭守敬：元天文学家、水力学家和数学家，字若思，顺德邢台（今属河北）人。在天文学方面的成就，与王恂、许衡等编制《授时历》。

②郑世子：朱载堉。明代律学家。字伯勒，号句曲山人。明宗室郑恭王朱厚烷之子。父死后，不承袭爵位，而以著述终身。著有《乐律全书》《律吕正论》等书，其中《律吕精义》创造"新法密率"，系统阐明十二平均律理论。

③黄钟：乐律十二律中的第一律。

④律尺：古代用以制定乐律的度尺。以黄钟律的管长为准，以累黍为法。相传黄帝命伶伦造律之尺，一黍之纵长，命为一分，九分为一寸，共计八十一分为一尺，是为律尺。以黍粒横排，则百粒为一尺，相当于纵黍八十一粒。

世子谓汉人以度尺之九寸为黄钟，律短故乐高，最为有据。且出自世子，谁敢有疑？窃谓乐声之高不始于汉也。男外阳而内阴，力壮而声下；女外阴而内阳，力弱而声高，故女之歌声高于男者二律，倚之箫而可证也。夏桀作女倡①，乐声之高殆始于此。古之箫即律管也，三十六律管长短作一排，形如凤翅，故《楚词》曰"吹参差兮谁思"也。然管多而一人吹之，何以高下曲折绎如？今之箫乃古之篪②，名异而体同。王褒有《洞箫赋》，不言其状，未知洞箫即篪否？

【笺注】

①女倡：歌姬。
②篪（yuè）：古代乐器，形状像笛。

王子晋之笙①，其制象凤，形亦如参

差竹。《九歌》"吹参差兮谁思"，王元长
《曲水序》"发参差于王子"②，皆言笙，
李善注则谓洞箫。

五音有二义，一者高下，二者类聚。
高下者，宫、商、角、变徵、徵、羽、变
宫也。类聚，宫大而浊，商清而冽，角径
而直，徵文而繁，羽细而碎，此之谓类，
聚其类以成调，故曰类聚。竹声唯有高
下，丝声兼备二义。

今世以琴之第一弦为宫，非也，乃太
律之徵，林钟也。第二弦为太律之羽，无
射也。第三弦乃为正律黄钟宫。故《国
语》曰声莫大于徵，非谓正律徵也。

唯作八音而无人之歌声，谓之徒奏③。
唯人声而无八音，谓之徒歌④。徒歌曰谣，
谓此，非谓民谣也。旋宫至姑洗、仲吕则
声高极⑤，非人声所能倚，故有徒奏，而
徒歌则兴到者随便为之耳。

【笺注】

①王子晋：王子乔，周灵王之子，好吹笙作凤凰鸣。
②王元长：王融。南朝齐文学家。字元长，琅琊临沂（今

属山东）人。诗作讲究声律，为永明体代表作家。《曲水序》：
《三月三日曲水序》一文。

③徒奏：指单纯的器乐合奏。

④徒歌：无乐器伴奏的歌。《尔雅·释乐》："徒吹谓之
和，徒歌谓之谣。"

⑤旋宫：我国古代以十二律配七音，每律均可作为宫音，
旋相为宫，故称。自秦而后，旋宫声废。唐高祖武德间，祖孝
孙修定雅乐，旋宫之声复起。姑洗：十二律之一。仲吕：中
吕。古乐十二律的第六律，又称小吕。

　　明代之乐，冷启敬所作，声下而浊，
其黄钟乃太律之无射，下于正律黄钟二
律。朝天宫道士云："凡用于郊庙者，以
启敬之大蔟为宫①。若如启敬之法，声如
梵呗矣②。"作者无过习者之门，道士所
用适是古之黄钟，所以房庶为伶人所侮而
不觉。

【笺注】

①大蔟（cù）：太蔟。十二律之一。

②梵呗：佛教谓做法事时的歌咏赞颂之声。

　　革薄则声亮，厚则声雌。木、金、石
薄则声下，厚则声高。议乐须学士与伶工

共成之。学士知古不知今，言理不言器；伶工知今不知古，言器不言理，彼此相讥。在虚心者，则彼此可以相成也。人之虚心者鲜，则成偏见。郑世子博极群书，又甚习伶工之器，所以特绝。

乐者，声也。凡以算数言乐者多拘泥，参差不合于律。郑世子二艺俱精，以算算乐，妙有神解。河南久被兵火，未知书版不散失否。世子文笔稍芜，书繁难于翻刻。得健笔径省其辞，存三分之一，庶可易传。

《考工》云："鱼胶饵，凡黏之类不能方。"不能方，谓易翻也。而今世之弓，必以海中石首鱼之䲜为之，未有用鼠胶者也。考工弓体又上㮆而下竹①，今弓胎多用竹，激矢能远，木胎者不及也。

【笺注】

①㮆（yǎn）：落叶乔木，叶互生，内皮可做纸，木材坚韧，弓、车辕。

宋人歌词，而唐人歌诗之法废，元曲

起而词废，南曲起而北曲又废。今世之歌鹿鸣，尘饭涂羹也[1]。

【笺注】

①鹿鸣：古代宴群臣嘉宾所用的乐歌。源于《诗·小雅·鹿鸣》。据清代学者研究，《鹿鸣》的乐曲至两汉、魏、晋间尚存，后即失传。《仪礼·大射》："小乐正立于西阶东，乃歌《鹿鸣》三终。"

獶读猱伶盛于元世，而梁时大云之乐作，一老翁演述西域神仙变化之事，獶伶实始于此。

宋时士大夫犹有起舞以劝酒者，自獶作而舞遂废。

今所啖之烟草，孙光宪已言之，载于《太平广记》，有僧云，世尊曾言山中有草，然烟啖之，可以解倦。则西域之啖烟，三千余载矣。

《史记》："乌氏倮，用谷量牛马，秦始皇令比封君，与朝请；巴寡妇用财自卫[1]，为筑女怀清台。"

此用礼安富遗意，亦秦致富强之本教

也。后世动破坏富家，诡云强干弱枝之计者，亦暴秦之不如矣。高欢问尔朱荣"闻公有马十二谷"云云，以谷量马，乃边陲旧俗也。

高允伯恭以昔岁同征零落将尽，感逝怀人，作征士颂，合三十四人。其颂末曰："昔因朝命，与之克谐。披襟散想，解带舒怀。此欣犹昨，存亡奄。静言思之，中心犹摧。"亦后世敦厚同年之意也。东汉同举者谓之同岁生，见《李固传》。

周李孝轨封奇章公，隋牛引封奇章公。

齐氏胄子以通经入仕者，唯博陵崔子发、广陵宋游卿而已。

隋秦孝王妃生男，文帝大喜，颁赐群官。李文博云："王妃生男，于群官何事，乃妄受赏？"此与晋元帝所云"此事岂容卿等有勋"，正可相合。

宋文帝欲犯河南，行人曰云云，太武帝闻而大笑曰："龟鳖小竖，自顾不暇，何能为也。"宋时有龙虎大王，亦佳对也。

唐昭宗欲伐李克用、李茂贞，无可将

者，而朱温、杨行密辈其下智勇如林。盖朝廷用卢携、王铎之流，其所举者。李系、宋威耳。智力勇艺者壅于下，悉为强藩所用。

永嘉时事大坏②，唯有南迁而已。王衍卖车牛以安众心。不久，随司马越径去，弃其君于贼手。《世说》载之以为美谈，刘临川非有识者也③。

宋文帝时，员外散骑侍郎孔熙先与范晔谋逆，事露，付廷尉。熙先望风吐款，辞气不挠，上奇其才，遣人慰勉之曰："以卿之才而滞于集书省，理应有异志，此乃我负卿也。"又责前吏部尚书何尚之曰："使孔熙先三十年作散骑郎，那不作贼？"此与唐武后之见骆宾王讨己檄文，曰："有才如此，而使之沦落不偶，宰相之过也。"皆绰有帝王之度，足令才士心死。若梁元欲赦王伟，却不可同年而语。

沈庆之议北伐曰："今欲伐国，而与白面书生谋之，事何由济？"后颜峻曰："今举大事，而黄头小儿皆得参预，何得不败？"白面、黄头，恰可相对。

刘歆自以朝政多失，作《遂初赋》以叹往事而寄己意。其乱曰："处幽潜德，含圣神兮。抱奇内光，自得真兮。宠幸浮寄，奇无常兮。寄之去留，亦可伤兮。大人之度，品物齐兮。舍位之过，忽若遗兮。求位得位，固其常兮。守信保己，比老彭兮。"其言颇似旷达，而为莽佐命，终致夷灭，视孙绰之赋义正桓温，相去何啻霄壤④。

【笺注】

①巴寡妇：巴寡妇清，名清，巴为巴郡之意，姓不可考，遂以巴为姓，又叫巴清。

②永嘉时事大坏：永嘉，为晋惠帝年号（307—313）。晋惠帝时，政治腐败，八王战乱相继，史称"永嘉之乱"。

③刘临川：刘义庆。南朝宋文学家，彭城（今江苏徐州）人，宋宗室，袭封临川王，好文学，喜招纳文士。撰有《世说新语》。

④霄壤：比喻相隔悬殊。

宋真宗时，知制诰周起患贡举之弊，建议糊名以革之。糊名之制始此。

中晚唐立君必由寺人①，南宋立君必

由权相，其国可知。

刘琨经略远不及祖逖，东晋人绝重之，寻名不责实之故习。

陶侃勤于职业，虚浮之士不敢议之，功名显著故也。何敬容亦勤于职业，虚浮之士即大讥之。敬容能早知侯景之反梁，人不能及，后世亦颇忽其人。甚矣，邪说之害正也。

汉陈蕃曰："期月之间不见黄生，则鄙吝之萌复存于心。"唐陆象先谓人曰："贺季真清谈风流，吾一日不见则鄙吝生矣。"是学蕃语。

骐骥得伯乐而后脱盐车②，青萍、结绿得薛、卞而后长价③，然则伯乐、薛、卞有功于良马、宝剑也多矣。二子名亦以是不朽，则良马、宝剑亦有功于二子矣。

【笺注】

①寺人：宫中侍御之宦官。
②骐骥：千里马。
③青萍：古宝剑名。《文选·陈琳〈答东阿王笺〉》："君侯体高世之秉青萍、干将之器。"吕延济注："青萍、干将，

皆剑名也。"结绿：美玉名。《战国策·秦策三》："臣闻周有砥厄，宋有结绿，梁有悬黎，楚有和璞。此四宝者，工之所失也，而为天下名器。"薛、卞：指古代善于鉴定刀剑的薛烛和能够发现宝玉的卞和。后比喻善于鉴识和发现人才者。

北宫纯，凉州所遣以卫京师者也，于汉兵恣横时累挫其锋。陆氏不负晋，纯亦不负陆氏矣。

白敏中以李赞皇荐得入翰林，及为相，诋赞皇者甚力。吕惠卿以王荆公汲引得预政，所以摧害荆公者无所不至。三代以还，似此者指不胜屈，是可叹也。

黄雀、白龟、蛇、鱼之类，犹知衔恩图报，况人乎？彼怀私罔上、负恩蔑礼者，曾虫鱼之不如矣。

灌夫不负窦婴于摈弃之时①，任安不负卫青于衰落之日②。徐晦越乡而别临贺③，后山出境以见东坡④。刘元城事司马公⑤，在朝不通书问，闲居则问无虚月。巢谷徒步访颍滨于漳海之南⑥。今无复若人矣。

【笺注】

①灌夫：西汉颍阴（今河南许昌）人，字仲孺。本姓张，因其父得幸于汉初权臣灌婴，因从其姓。喜任侠，家财钱数千万，食客日数十百人，横行颍川。与窦婴交好，使酒骂坐，得罪丞相田蚡。田蚡案其在颍川事，遂被族诛。

②任安：西汉荥阳（今属河南）人，少时家贫，后为大将军卫青的舍人。因卫青荐举为郎中，后为益州刺史。因戾太子起兵事，武帝以其有二心而将其腰斩。

③徐晦：唐大臣，字大章，号登瀛。曾得杨凭荐举，后杨凭获罪由京兆尹贬为临贺尉，亲友唯恐避之不及。徐晦亲送之。

④后山：陈师道，字履常，一字无己，号后山居士。陈师道受苏轼赏识推举，因为苏轼送行，以擅离职守罪而被革职。

⑤刘元城：北宋人刘安世，字器之，号元城，以直谏闻名，时人称之为"殿上虎"。从学于司马光，司马光入相，举为秘书省正字。

⑥巢谷：北宋人，字元修，眉山（今四川眉山市）人。事见苏辙撰写的《巢谷传》一文。

　　韩退之自其远祖麒麟以文名于北朝，文业不绝。数世后至其父仲卿、兄会，文誉益甚。传至退之，遂为一代醇儒。其子昶符与诸孙皆举进士，而昶子襄复状元及第，韩氏流泽可谓长矣。

　　汉晁错议削七国，其父曰："刘氏安，

晁氏危矣。"南齐徐文景方贵盛，其父深忧之曰："我正当扫墓待丧耳。"唐路严屡迁要地，其父寄书曰："闻汝已判户部，是吾必死之年。又闻欲求仆射，是我必死之日也。"彼皆不学无术，而识见若此。严延年之母为其子扫墓地，李络秀知其子周嵩、周顗俱不得善终。二人女子耳，而有识见尤难得。

李益文名与李贺相埒[1]，每一篇出，乐工争以贿求之，被声歌供奉天子，天下施之图绘。与太子庶子李益同在朝，世称文章李益以别之。大历十才子，韩翃之名独重。时又有刺史韩翃，德宗命知制诰曰："与诗人韩翃。"

【笺注】

①相埒（liè）：相等。

汉高帝素恨雍齿[1]，比沙中偶语[2]，张良劝帝封之以厌众心，偶语果息，曰："雍齿且侯，吾属无患。"晋文公出亡，里凫须盗其资而去。文公饥饿不能行，介之推刲股以食，然后能行。文公返国，国人多不附，乃赦里凫须之罪，使之骖乘，游于国中。见者皆曰："里凫须且不诛，吾何惧也。"晋国大宁。良策殆本诸此。

【笺注】

①雍齿：秦末汉初泗水郡沛县人，原为沛县世族。公元前209 年，刘邦反秦称沛公，雍齿随从。但雍齿素轻刘邦。翌年，在刘邦最困难的时候，雍齿献出了丰县投靠了魏国周市，刘邦大怒，数攻丰邑而不下，只好到薛投奔项梁，刘邦因此对雍齿非常痛恨。

②偶语：相聚议论或窃窃私语。

蔡京当国，刻党籍碑，凡忠臣名士一网俱尽。然其中亦有本非君子，而偶以一事不合京意，亦指为党，平生过愆顾反得洗雪。如曾布、曾肇、王觌、章惇辈，不可枚举，宦竖亦近三十人。汉皇甫规深以不与党人为耻。数子碌碌，乃获附骥尾，士固有幸不幸耶。

汉颜驷对武帝曰："文帝好文而臣好武，景帝好美而臣貌丑，陛下好少而臣已老。"唐卢照邻著《五悲文》，自以高宗尚吏而已独儒，武后尚法而已独黄老，后封嵩山，屡聘贤士，而己已废。噫，士之不遇如二子者亦多矣，悲夫。

泰陵金井内水孔如巨杯，水仰喷不止，杨名父子器亲见之，归而疏诸朝，请易地。事下工部，汤阴李司空鐩怒其多言害成功，阴令人塞其孔，谓诽谤狂妄，奏命锦衣官校枷杻押赴陵所验看①。名父亲三木朝辞候驾诗曰："禁鼓无声曙色迟，午门西畔立多时。楚人抱璞云何泣，杞国忧天竟是痴。群议已公须首实，众言不发但心知。殷勤为问山陵使，谁与朝廷决大疑。"孝庙竟葬此中。

【笺注】

①枷杻：木枷与手械。带于囚犯颈项、手腕的刑具。

苻坚锐意伐晋，曰："以吾之众，投鞭于江，足断其流。"及登晋阳城，望晋兵部阵严整，怃然而惧曰："此亦劲敌，何谓弱也。"五代慕容彦超谓汉隐帝曰："臣视北军，犹蟣蟓耳①。"退问兵数及将校姓名，颇惧曰："此亦剧贼，未易轻也。"兵甫合，辄先遁。二事如出一辙。

①蠛（miè）蠓（měng）：虫名。体微细，将雨，群飞塞路。《文选·扬雄〈甘泉赋〉》："历倒景而绝飞梁兮，浮蠛蠓而撇天。"李善注引孙炎《尔雅》注："蠛蠓，虫小于蚊。"

耿弇为张步所攻，光武自往救之。或谓剧贼兵盛，宜闭营休士以须上来，弇曰："乘舆且到，臣子当击牛酾酒以待百官①，反欲以贼遗君父耶？"李道宗将四千骑击高丽，皆以为众寡悬绝，宜深沟高垒以俟车驾之至。道宗曰："吾属为前军，当清道以待乘舆，乃更以贼遗君父乎？"二子武夫也，其所见乃有儒生不及者，人臣当以此为法。

【笺注】

①酾（shī）酒：斟酒。

尚书令左雄荐冀州刺史周举为尚书，

又荐故冀州刺史冯直任将帅。直尝坐赃受罪，举并以劾雄，雄曰："诏书使我选武猛，不使我选清高。"举曰："诏书使君选武猛，不使君选贪污。"雄曰："进君适所以自伐。"举曰："昔赵宣子任韩厥为司马，厥以军法戮宣子仆，宣子谓诸大夫曰：'可贺我矣，吾选厥也任其事。'今君不以举之不才误升诸朝，不敢阿君以为君羞，不寤君之意与宣子殊也。"雄悦，谢曰："吾尝事冯直之父，又与直善，今宣光以此奏吾，乃是韩厥之举也。"宣光，周举字也。天下益以此贤之。梁冀跋扈，带剑入省，尚书张陵叱令出，敕虎贲、羽林夺剑。冀跪谢，陵不应，劾奏冀，请廷尉论罪，诏罚一岁俸，百官肃然。冀弟不疑为河南尹，尝举陵孝廉，谓陵曰："昔举君，适所以自罚也。"陵曰："明府不以陵不肖，误见擢序，今申公宪以报私恩。"不疑有愧色。二事乃相类。

黄门监魏知古本起小吏，因姚崇引荐，以至同为相。崇意轻之，请摄吏部尚书，知东都选，知古憾焉。时崇二子分司东都，恃其父有德于知古，颇招权请托。知古归，悉以闻。他日，帝召崇曰："卿子才乎，皆安在？"崇揣知帝意，曰："臣二子分司东都，其为人多欲而寡慎，是必尝以事干魏知古。"帝始以崇必为其子隐，及闻崇奏，乃大喜，问："安从得之？"对曰："知古微时，臣卵而翼之，臣子愚，以为知古必德臣，容其为非，故敢干之耳。"帝于是爱崇不私而薄知古，欲斥之，崇曰："臣子无状，挠陛下法，而逐知古，外必谓陛下私臣。"乃止，然卒罢为工部尚书。《新唐书》载此事，谓姚崇巧于料事，而知古薄待所知，至动人主之疑，终身不复用。可见伦理一也，交友不能信者，事君必不忠。

《钱徽传》："长庆元年[①]，徽为礼部侍郎。时宰相段文昌出镇蜀川，故刑部侍郎杨凭子浑之求进，尽以家藏书画献文昌，求致进士第。文昌将发，面托徽，继以私书保荐。翰林学士李绅亦托举子周汉宾于徽。及榜出，浑之、汉宾皆罢。李宗闵与元稹有隙，宗闵子婿苏巢及杨汝士季弟殷士俱及第，文昌、绅大怒。文昌赴镇，辞日，内殿面奏，言徽所放进士皆子弟，艺薄，不当在选中。穆宗访于学士元稹、李绅，二人对与文昌同。遂命中书舍人王起、主客郎中知制诰白居易重试，内出题目孤竹管赋、鸟散余花落诗，而十人不中选。寻贬徽为江州刺史，中书舍人李宗闵剑州刺史，右补阙杨汝士开江令。初议贬，徽宗闵、汝士令徽以文昌、绅私书进呈，上必开悟。徽曰：'不然。苟无愧心，得丧一致。修身慎行，安可以私书相证耶？'令子弟焚之。"呜呼，如徽居心行事，休休有容，大臣器量也。王勃"落霞与孤鹜齐飞，秋水共长天一色"，当时以为奇绝，然亦有所本。庾信《马射赋》："落花与翠盖齐飞，杨柳共青旗一色。"隋长寿寺碑："浮云共岭松张盖，明月与岩桂分丛。"然勃则青出于蓝也。考《唐书》，文庙下不言笾豆之数[②]。《明宪宗实录》："成化十二年七月[③]，祭酒周弘谟请增笾豆、舞佾[④]，言唐玄宗既正孔子南面之位，服以衮冕[⑤]；宋徽宗考正孔子冠服，加十二旒[6]；金世宗加孔子冠十二旒，服十二章。今圣朝尊崇孔子，既用天子之礼，而笾豆则非天子之制，乞敕礼部会议，增十笾十豆各为十二，从之。"是成化以前至唐宋用十笾十豆，逮宪宗始用十二笾十二豆。后张璁更定祀典，复用十笾十豆也。其略如此。

【笺注】

①长庆：唐穆宗李恒年号（821—824）。长庆元年为821年。

②笾豆：笾和豆。古代祭祀及宴会时常用的两种礼器。竹制为笾，木制为豆。《礼记·礼器》："三牲鱼腊，四海九州之美味也；笾豆之荐，四时之和气也。"孔颖达疏："盛其馔者，即三牲鱼腊笾豆是也。"

③成化十二年：1476年。

④舞佾（yì）：古代仪礼之一。多人纵横排成行列的舞蹈。

⑤衮冕：衮衣和冕。古代帝王与上公的礼服和礼冠。

⑥旒：古代帝王礼帽前后悬垂的玉串。

李焘《续资治通鉴长编》，一孝宗隆兴元年癸未[1]，进太祖建隆至开宝十七年事[2]；一孝宗乾道四年戊子[3]，进太祖建隆元年至英宗治平四年闰三月五朝事迹[4]；

一孝宗淳熙元年甲午⑤，进熙、丰、祐、圣、符、靖、崇、观、和、康六十年事⑥；一孝宗淳熙九年壬寅⑦，合写长编重进，又进《续资治通鉴长编举要》六十八卷。今只存五朝事迹。

明制，父兄官三品大寮⑧，子弟不得居言路⑨。考之前代不然。《唐书·三郑列传》：郑余庆，宪宗立，复拜同中书门下平章事。子澣，本名涵，第进士，累迁右补阙，敢言无所讳。宪宗谓余庆曰："涵，卿令子，而朕直臣也，更可相贺。"郑覃，文宗太和九年拜同中书门下平章事⑩。弟朗，由山南幕府入迁右拾遗。郑絪，宪宗即位，拜中书侍郎、同中书门下平章事。葆，余庆从父，是澣为从孙，时正官右补阙。只以《三郑列传》证之，唐父子、兄弟、从祖孙不相避，明矣。惟《杜佑列传》，佑子从郁，元和初为左补阙⑪，崔群等以宰相子为嫌，再徙秘书丞。然不过嫌之云尔，初未尝如明制必相避者也。

【笺注】

①孝宗隆兴元年癸未：1163 年。

②建隆、开宝：宋太宗年号，建隆（960）至开宝（968—976）共十六年。

③孝宗乾道四年戊子：1168 年。

④英宗治平四年：1068 年。

⑤孝宗淳熙元年甲午：1174 年。

⑥六十：熙宁（1068—1077）、元丰（1078—1085）、元祐（1086—1094）、绍圣（1094—1098）、元符（1098—1100）、靖国（1101）、崇宁（1102—1106）、大观（1107—1110）、政和（1111—1118）、靖康（1126—1127），共六十年左右。

⑦孝宗淳熙九年壬寅：1182 年。

⑧寮：古同"僚"，官。

⑨言路：指言官。

⑩太和：北魏孝文帝元宏年号（477—499）。太和九年为485 年。

⑪元和：唐宪宗李纯年号（806—820）

　　韩魏公三守乡郡，每谒先茔①，辄有诗自矜其荣遇。如曰："至日郊原拥节旄②，先茔躬得奉牲醪③。霜威压野寒方重，山色凌虚气自高。衣锦不来夸富贵，报亲惟切念劬劳④。"又曰："昼锦三来治邺城⑤，古人无似此公荣。首过先茔心先慰，一见家山眼自明。"又曰："风入旌旗撼晓光，两莹亲展喜非常。浓阴蔽野瞻乔木，逸势横天认太行⑥。自叹重茵宁及养⑦，纵垂三组敢夸乡⑧。路人或指荣虽甚，明哲何如汉子房。"又曰："暂趋先垄弭旌旄，因恤吾民稽事劳⑨。田舍罕逢车骑过，聚门村妇拥儿曹⑩。"又曰："两缮先坟已致诚，却严轩从指东莹。鸿惊去旆参差起⑪，马避柔桑诘曲行⑫。"又曰："乡守三逢禁火天，每驱旌纛扫松轩⑬。衰残岂足酬恩遇，光宠徒知及祖先。"如此者不一而足。孟郊云："春风得意马蹄疾，一日看遍长安花。"王禹玉云："出门四塞如黄雾，始觉身从天上归。"论者咸议其器量。二人者虽不可与公同语，然比之向时刺客取首，延颈以授⑭，吏碎玉盏⑮，笑而抚之，若两人矣。

【笺注】

①先垄：祖先的坟墓。

②节旄：指旌节。古代使者所持的节，以为凭信。

③牲醪：牲醴。指祭祀用的牺牲和甜酒。

④劬劳：劳累，劳苦。

⑤昼锦：《汉书·项籍传》载秦末项羽入关，屠咸阳。或劝其留居关中，羽见秦宫已毁，思归江东，曰："富贵不归故乡，如衣锦夜行。"后称富贵还乡。

⑥逸势：奔腾或飞翔的势头。

⑦重茵：指双层的坐卧垫褥。

⑧三组：谓三颗印。组，结印章的丝带。

⑨穑（sè）事：农事。

⑩儿曹：犹儿辈。

⑪鸿惊：鸿受惊而疾飞。形容疾奔。斾（pèi）：古代旗末端状如燕尾的垂旒。泛指旌旗。

⑫柔桑：指嫩桑叶。

⑬旌纛（dào）：大旗。亦泛指旗帜。松轩：植有松树的住所。

⑭延颈：伸长头颈。引申指仰慕，渴望。

⑮吏碎玉盏：韩魏公在北京时，有人献给他两只用玉做的杯子，里外都没有任何瑕疵，是世上少有的宝物。于是韩魏公每次设宴召集客人，都要特意放置一张桌子，用锦衣覆盖在桌面上，然后把玉杯放在上面，当着客人倒入酒。一次，忽然被一个仆人碰倒，玉杯全都碎了，全场的客人都很惊愕，仆人十分恐慌，跪在地上等待韩魏公治罪。韩魏公神色不变，笑着对全场客人说："凡是东西形成、毁坏，都自有它的定数，你是失手，不是故意，有什么罪过呢？"全场客人都叹服。韩魏公：韩琦，北宋政治家、名将。

辽曲宴宋使，酒一行，觱篥起歌①。酒三行，手伎入②。酒四行，琵琶独弹。

然后食入，杂剧进。继以吹笙、弹筝、歌、击架乐、角觝，王介甫诗："涿州沙上饮盘桓，看舞春风小契丹。"盖纪其事也。至范致能北使，有《鹧鸪天》词亦云："休舞银貂小契丹，满堂宾客尽关山。"则金源燕宾，或袭为故事，未可定耳。

【笺注】

①觱（bì）篥（lì）：古簧管乐器名。
②手伎：手技。百戏杂技。

玉堂赏花会，赋诗者四十人。学士则南阳李贤、安成彭时、槜李吕原、莆田林文、安成李绍、永新刘定之、钱塘倪谦、东吴钱溥，侍读则金城黄谏，詹事则庐陵陈文、长洲刘铉，侍讲则眉山万安、渔阳李泰，中允则古杞孙贤，赞善则范阳牛纶，修撰则吴中陈鉴、博野刘吉、钱塘童缘、华容黎淳，编修则西蜀李本、毗陵王（㒥）、余姚戚澜、宜兴徐溥、琼山丘濬、泰和尹直、安成彭华、雪川陈秉中、临川徐琼、四明杨守陈、临江吴汇，检讨则严州傅宗、安成张业、河东邢让，翰林五经博士则天台鲍相，典籍则西蜀李鉴、泰和陈谷，侍书则浙江谢昭，其二人则礼部员外郎临淮凌耀宗、中书舍人江东曹冕。诗成，李贤序之，彭时作后序。

　　妇人匀面[①]，古惟施朱傅粉而已。至六朝，乃兼尚黄。幽怪录神女智琼额黄[②]，梁简文帝诗"同安鬟里拨，异作额间黄"，唐温庭筠诗"额黄无限夕阳山"，又"黄印额山轻为尘"，又词"蕊黄无限当山额"，牛峤词"额黄侵腻发"，此额妆也。北周静帝令宫人黄眉墨妆，温诗"柳风吹尽眉间黄"，张泌词"依约残眉理旧黄"，此眉妆也。段氏《酉阳杂俎》所载有黄星靥。辽时俗，妇人有颜色者，目为细娘，面涂黄，谓为佛妆。温词"脸上金霞细"，又"粉心黄蕊花靥"，宋彭汝砺诗"有女天天称细娘，真珠络髻面涂黄"，此则面妆也。

【笺注】

①匀面：谓化妆时用手搓脸使脂粉匀净。

②智琼：仙女名。晋干宝《搜神记》卷："魏济北郡从事掾弦超，字义起，以嘉平中夜独宿，梦有神女来从之，自称天上玉女，东郡人，姓成公名智琼，早失父母，天帝哀其孤苦，遣令下嫁从夫。超当其梦也，精爽感悟，嘉其美异，非常人之容，觉寤钦想，若存若亡。如此三四夕，一旦，显然来游……遂为夫妇。"额黄：六朝妇女施于额上的黄色涂饰。唐时仍有。其制起于汉时。

泽州李俊民用章举承安五年进士第一①。金亡后，其同年三十三人惟高平赵楠仅存，又挈家之燕京。俊民感旧游，以诗题登科记后云："试将小录问同年，风采依稀堕目前。三十一人今鬼录，与君虽在各华颠②。"又云："君还携幼去幽燕，我向荒山学种田。千里暮鸿行断处，碧云容易作愁天。"录中张孺卿介甫、晁李中宝臣、任德维公理、孔天昭文安、王毅知刚、赵铢敬之，皆中都大兴府人。

【笺注】

①承安：金章宗完颜璟年号（1196—1200）。承安五年为1200 年。

②华颠：白头。指年老。

元裕之寄书耶律中书，荐当时士大夫在河朔者固安李天翼、渔阳赵铸、燕人张舜俞、曹居一、王铸，且曰："凡此诸人，虽其学业操行参差不齐，要皆天民之秀[①]，有用于世者也。"按《虞文靖学古录》有《田氏先友翰墨序》，称彰德田师孟辑其先友手翰，中有刘百熙字善甫、曹居一字通甫、赵著字光祖，俱燕人，其称著曰大侠。按元集作铸者，字才卿，别是一人也。

【笺注】

①天民：指贤者。因其明乎天理，适乎天性，故称。《庄子·庚桑楚》："人之所舍，谓之天民；天之所助，谓之天子。"《孟子·尽心上》："有天民者，达可行于天下而后行之者也。"

唐设九科，童子居其一，员半千、杨炯、吴通玄、裴耀卿、李泌、刘晏皆由是举。宋则杨亿、宋绶、晏殊、李淑，均以童子出身。然汉有童子郎，梁有童子奉车郎，以童子拜官者多矣。元童子科见于

《选举志》者一十六人，仁宗延祐七年举陈聃^①，则大兴人也。

明弘治壬戌状元康德涵海^②、榜眼孙直卿清，皆以不拘小节被劾去国。然二君实才雄一代，德涵词锋如云^③，直卿劲气毅然不可夺。论者谓二君为是科冠冕，以忌嫉者多，老于摈斥，可惜。

【笺注】

① 延祐：元仁宗年号（1314—1320）。元祐七年为1320年。

② 弘治：明孝宗年号（1488—1505）。弘治壬戌为1502年。

③ 词锋：犀利的文笔或口才。

萧道成既篡宋，光禄大夫王琨在晋世已为郎中，攀废帝车恸哭曰："人以寿为欢，老臣以寿为戚。不能先驱蝼蚁^①，乃复频见此事。"西涯李阁老《咏田蚡乐府》曰："谁云死速不如迟，幸未淮南语泄时^②。"语意本诸此。

【笺注】

①蝼蚁：蝼蛄和蚂蚁。比喻力量微弱或地位低微、无足轻重的人。

②西涯李阁老：李东阳。明文学家。字宾之，号西涯，居朝五十年，入阁十五年，官至礼部尚书、华盖殿大学士。故称阁老。语泄：谓所谈论的内容泄漏出去。《韩非子·说难》："夫事以密成，语以泄败。"

庚子嵩目和峤曰"森森如千丈松"，下壶目叔向曰"朗朗如百间屋"，乃成一佳对。汉人目李元礼曰"谡谡如松下风①"。此等标榜语，亦是当时习气。

【笺注】

①谡（sù）谡：劲风声。

郑锐、郭仙舟献诗不切时事，惟崇道德，玄宗皆令罢官为道士。萧瑀好奉佛，亦令出家为僧。孔武仲曰："如使佞佛者为僧，谄道者为道士，则士夫为异论者息矣。"

官制五品以上者为大夫，六品以下者

为郎官，皆散官也。然各置于官衔之上，如曰光禄大夫太保、承德郎某部主事之类。惟翰林则置于官衔之下，如曰翰林院学士奉政大夫、翰林院检讨从仕郎之类。盖史官尊重，不欲以散官压之，自明时重翰林始。

明时朝贵，三品则乘轿，荫子，封及三代，俸入优厚，例以隶执长柄大扇拥护；四品以下，只于马上用要翣扇遮日而已[1]。自九卿外，三品者多在闲散地，如太常、太仆、光禄卿、京兆尹之类。弘治间，多升佥都御史，威权虽重，然佥都系四品阶，仪制反减削矣。至末年，佥都御史出城即乘轿。至今佥都为巡抚者，肩舆用八人，假用三品仪从也。国子祭酒则自灯市以北改用大轿，故祭酒、佥都与府尹皆曰半城轿。府尹本三品，不知于何处骑马。

【笺注】

[1]翣（shù）扇：扇翣。古代仪仗中的长柄大扇，用以障尘蔽日。又称障扇或掌扇。

明朝翰林官五品多借三品服色，讲官破格有赐斗牛服者①。毛公纪《归田杂识》云："当孝宗朝，东宫出阁，选侍讲读。是时礼重宫僚，特赐予，或亲御春坊，面赐温谕，坊局官即用孔雀金带服色。及奉朝省亲，便用仙鹤服色、犀带。"又云："故事，每岁亲郊庆成，赐文武大臣宴于奉天殿。上御宝座，尚膳进馔，传旨官人满饮，教坊九奏乐，具如仪。余自为翰林院学士，即得如例升殿，以五品官坐于四品之上、三品后，盖屡预焉。我朝大臣赐坐，仅见此与耕藉、幸学②，而此为尤重。"又言："春秋二丁祭文庙，遣大学士一人行礼。前一日御殿，百官朝服侍班，传制。廷试天下贡士，上御文华殿，内阁率诸臣以第一甲三卷面奏，上亲批定名次。明日早，先御华盖殿，内阁复于黼座前拆卷奏名③，中书填黄榜，然后御奉天殿传胪④。丘文庄公谓谨身读卷，即华盖也⑤。华盖读卷，外朝臣无由而至，是日惟内阁得入殿内，而九卿以下皆在阈限之外。"此亦一代典故。

①斗牛服：明代赐予一品官员的官服，上绣虬属兽斗牛，故名。

②耕藉：古时每年春耕前，天子、诸侯举行仪式，亲耕藉田，种植供祭祀用的谷物，并以示劝农。历代皆有此制，称为耕藉礼或藉田礼。据《礼记·月令》，其礼为天子三推，三公五推，卿、诸侯九推。至清末始废。《礼记·祭义》："耕藉，所以教诸侯之养也。"幸学：皇帝巡幸学校。

③黼座：帝座。天子座后设黼扆，故名。借指天子。

④传胪：科举时代，殿试揭晓唱名的一种仪式。殿试公布名次之日，皇帝至殿宣布，由阁门承接，传于阶下，卫士齐声传名高呼，谓之传胪。

⑤华盖：帝王或贵官车上的伞盖。

建置官署，必立土谷祠①，翰林院所祠则昌黎伯韩子也。古称乡先生殁而祭于社，夫以土谷名祠，亦祭社之义，宜以乡先生主之。京师燕地，窃谓祀昌黎伯，不若易以常山太傅婴也。

【笺注】

①土谷祠：土地庙。土谷，指土地神和五谷神。

《大兴县题名记》，光禄少卿新安尹校书，隆庆四年立。《顺天府尹丞题名记》，工部尚书丰城雷礼文也，嘉靖三十九年立①。《寮佐题名碑记》二，一为礼部左侍郎铅山费寀撰，嘉靖二十二年立②；一为顺天府通判晋江张问仁撰，万历十三年立③。

《宛平县题名记》，翰林院检讨郭鏊撰，嘉靖二十八年立④。

古葬宫人之所，谓之宫人斜。京城阜成门外五里许有静乐堂，砖瓮二井，屋以塔，南通方尺门，谨闭之。井前结石为洞，四方通风。宫人有病，非有名称者，例不赐墓，则出之禁城后顺贞门傍右门，承以敛具，舁出玄武门⑤，经北上门、北中门，达安乐堂，授其守者。召本堂土工移北安门外，易以朱棺，礼送之静乐堂，火葬塔井中。凡宫人故，必请旨。凡出，必以铜符，合符乃遣⑥。嘉靖末，有贵嫔捐赀易民地数亩，其焚烬不愿井者，悉内地中。

①嘉靖三十九年：1560 年。

②嘉靖二十二年：1543 年。

③万历十三年：1585 年。

④嘉靖二十八年：1549 年。

⑤舁（yú）：抬。

⑥合符：符信相合，合验符信。古代以竹木或金石为符，上书文字，剖而为二，各执其一，合之为证。

卢沟河畔，元有符氏雅集亭。蒲道源诗："卢沟石桥天下雄，正当京师往来冲。符家介侧敞亭构，坐对奇趣供醇醲①。"又有野亭，见贡仲章《云林诗集》。今一望礓砾②，并民居亦寥寥也。

【笺注】

①醇醲：酒味浓厚甘美。

②礓砾：小石。

懿安皇后张氏，性贤明。魏珰诛戮朝士，后闻杨、左诸君子死，色不豫者累月。李自成入犯，思陵将殉社稷，传旨后宫令自裁。时周皇后及贵妃宫嫔之承宠者，皆遵旨毕命。独长公主年尚幼，未奉诏。帝怒，拔刃斫其臂，公主仆地，而宫监王永寿方从懿安皇后宫至，白帝曰："懿安皇后业缢死宫中矣。"帝乃走煤山自经。当魏忠贤柄国时，有养女任氏，美而狡，进之熹宗，立为贵妃。及贼入宫，任诡曰："我天启皇帝后也。"贼不敢犯。既而流转民间，或送于官，永寿从旁窃窥之曰："此任贵妃也。"贵妃睨永寿，面发赪①，旋闭目如不闻见者，永寿终亦不敢置讦也②。永寿事熹宗，不入魏党，甲申寇乱后削发为僧，往来西山间，谈及故宫事辄语人云。

【笺注】

①赪（chēng）：浅红色；红色。

②讦（jié）：揭发别人的隐私或攻击别人的短处。

卷十七 渌水亭杂识三

今人多云设虚位禘其祖之所自出①，如杨志仁复议论者，仅嘉靖十年举行一次，后不复行。适考之实录，嘉靖十年辛卯举行，诏以后丙、辛年行之。十五年丙申四月，仍行大禘礼。二十年辛丑四月，九庙火，诏暂罢，遂永停矣。其实行大禘凡两次。

【笺注】

①禘（dì）：古代帝王、诸侯举行各种大祭的总名。凡祀天、宗庙大祭与宗庙时祭均称为"禘"。《礼记·祭法》："有虞氏禘黄帝而郊喾。"孔颖达疏："经传之文，称禘非一，其义各殊。《论语》云'禘自既灌'及《春秋》'禘于大庙'，谓宗庙之祭也……《尔雅·释天》云'禘，大祭'，以比余处为大祭，揔得称禘。"《尔雅·释天》："禘，大祭也。"郝懿行义疏："禘者，《说文》云'谛，祭也'，引《周礼》曰'五岁一禘'，本《礼》纬文也。《公羊·文二年传》'五年而再殷祭'。何休注以为'五年，禘也'。按禘之名，古多异说。有时祭之禘：则《王制》云'春曰礿，夏曰禘'，《祭义》云'春禘秋尝'，郑注以为殷礼也。有殷祭之禘：则《诗序》云'雝，禘大祖也'，郑笺'禘，大祭也。大于四方而小于祫'。又有郊祭之禘：亦《诗序》云'《长发》，大禘也'，郑笺'大禘，郊祭天也'，《祭法》云'有虞氏禘黄帝而郊喾'，郑注

'此禘谓祭昊天于圜丘也'。"

《洪范》五福、六极无贵贱[1]，盖古无不肖而贵，亦无有德而贱者。贵则禄及之而富矣，故富可以概贵；贱则禄弗及而贫矣，故贫可以概贱。《周礼》八柄驭群臣[2]，二曰禄以驭其富，六曰夺以驭其贫，是也。

【笺注】

[1]五福：五种幸福。《书·洪范》："五福：一曰寿，二曰富，三曰康宁，四曰攸好德，五曰考终命。"六极：《书·洪范》："六极：一曰凶短折，二曰疾，三曰忧，四曰贫，五曰恶，六曰弱。"孔颖达疏："六极，谓穷极恶事有六。"

[2]八柄：古代帝王统驭臣下的八种手段，即爵、禄、予、置、生、夺、废、诛。《周礼·天官·大宰》："以八柄诏王驭群臣：一曰爵，以驭其贵；二曰禄，以驭其富；三曰予，以驭其幸；四曰置，以驭其行；五曰生，以驭其福；六曰夺，以驭其贫；七曰废，以驭其罪；八曰诛，以驭其过。"

"望其辐，欲其掣尔而纤也[1]"注："郑司农云读为纷容掣参之掣[2]。"疏："先郑云此，盖有文，今检未得。"此句本见《上林赋》"纷溶掣参[3]，猗狔从风"。

前注"迤，崇于軫"；"读为倚移从风之移"。疏："司马长卿《上林赋》云从风倚移。"此二句连文，而复云检未得，未知何意。

【笺注】

①掣（xiāo）：削尖之貌。《周礼·考工记·轮人》："望其辐，欲其掣尔而纤也。"郑玄注："掣纤，杀小貌也。"孔颖达疏："凡辐，皆向毂处大，向牙处小，言掣纤，据向牙处小而言也。"

②掣参：犹箾蔘。树枝竦擢貌。《周礼·考工记·轮人》"欲其掣尔而纤也"郑玄注引汉郑司农曰："掣，读为纷容掣参之掣。"

③纷溶：繁盛貌。

兑为口舌，其于人也，但可以为臣为妾而已。以言说人，岂非妾妇之道乎？

凡人于交友之间，口惠而实不至，则其出而事君，必至于静言庸违。故舜之御臣也，敷奏以言，明试以功。而孔子之于门人，亦尝听其言而观其行。

《淮南子·氾论训》："直躬氾，其父攘羊而子证之①，尾生与妇人期而死

之^②。"是径以直躬为人名矣。然此说本
于《吕氏春秋》。

【笺注】

①直躬：指《论语》中提到的证其父攘羊的人。《庄子·
盗跖》："直躬证父，尾生溺死，信之患也。"

②尾生：古代传说中坚守信约的男子。《庄子·盗跖》：
"尾生与女子期于梁下，女子不来，水至不去，抱梁柱而死。"
后借指坚守信约的人。

《吕子》："昔者禹一沐而三握发^①，
一食而三起，以礼有道之士。"周公吐握
之说，见于《荀子》，人罕称禹也。

【笺注】

①握发：握发吐哺。《韩诗外传》卷三："成王封伯禽于
鲁，周公诫之曰：'往矣！子其无以鲁国骄士。吾文王之子，
武王之弟，成王之叔父也，又相天下，吾于天下亦不轻矣，然
一沐三握发，一饭三吐哺，犹恐失天下之士。'"《史记·鲁周
公世家》亦记此事。后因以"握发吐哺"比喻为国家礼贤下
士，殷切求才。

齐武帝云："学士辈不堪经国，唯大

读书耳。经国一刘系宗足矣，沈约、王融数百人，于事何用？"此大字是多字义。

《艺术传》："徐之才常与朝士出游，遥望群犬竞走，诸人请令试目之，之才即应声云：'为是宋鹊，为是韩卢，为逐李斯东走，为负帝女南徂。'"此段复见之序传，是温子昇与李神俊语。当时传闻之讹，亦失于检正。

"宋人有嫁子者云云，其子窃而藏之。君公知其盗也，逐而去之。"君公，其舅之称欤？故妇人谓夫之兄曰兄公。

郭况族姊为皇祖考夫人，谒见，光武大喜曰："乃今得大舅乎？"按大舅称舅公。

董徵迁安州刺史，因述职，路次过家，置酒高会①，乃言曰："腰龟返国②，昔人称荣，仗节还家③，云胡不乐？"诫子弟曰："此之富贵，非是天降，乃勤学所致耳。"与桓荣稽古之荣，皆老生陋态，遗嗤千古。

【笺注】

①高会：盛大宴会。《战国策·秦策三》："于是使唐雎载

音乐，予之五千金，居武安，高会相与饮。"鲍彪注："《高纪》注，大会也。"

②腰龟：腰佩龟章，常用以显示官品。《魏书·儒林传·董征》："征乃言曰：'腰龟返国，昔人称荣，仗节还家，云胡不乐？'"

③仗节：手执符节。古代大臣出使或大将出师，皇帝授予符节，作为凭证及权力的象征。《汉书·叙传下》："博望仗节，收功大夏；贰师秉钺，身衅胡社。"

李绅周员外席上观柘枝诗："画鼓拖环锦臂攘。"今京师迎年鼓制，施两铜环，以手擎之高下，环声相间，疑即其遗制也。

宋湜字持正，名字与皇甫俱同。诗笺："湜湜，持正也。"

杜子美《昔游》诗："幽燕凤用武，供给亦劳哉。吴门持粟帛，泛海凌蓬莱。"《后出塞》云："渔阳豪侠地，击鼓吹笙竽。云帆转辽海，粳稻来东吴。"按《唐会要》，开元二十七年①，李适为幽州节度、河北海运使。《唐书》："姜师度穿平卤渠，以避海难。"盖元之海运自崇明抵直沽，唐时海运则自登州转而平州，以达于蓟，故子美云然也。

天、地、人谓之三才，轮人以毂、辐、牙为三才，弓人胶、漆、丝为三才，然其所谓三才者亦眇矣。

《史记》韩世忠江上事云："金山有红袍者堕马，腾而跨之驰去。"今则未见有驰处，史言诬乎？古今地异乎？

《周礼注疏》疏糁食②：菜铼蒸，若今煮菜也。按今俗蒸饼用菜为馅，此类是矣。《易·鼎九四》："鼎折足，覆公铼。"郑注云："糁谓之铼，震为竹，竹萌曰笋。笋者，铼之为菜也，是八珍之食。"按周亦以笋为珍味，故其诗曰："维笋及蒲。"馈食之笾，亦有笋菹。

【笺注】

① 开元：唐玄宗年号（713—741）。开元二十七年为739年。

② 糁（sǔn）：以米和羹。《墨子·非儒下》："孔某穷于蔡陈之间，藜羹不糁。"《礼记·内则》："和糁不蓼。"陈澔集说："宜以五味调和米屑为糁，不须加蓼，故云和糁不蓼也。"

廪，法有数名①。《春秋》"御廪灾"，天子亦有御廪。单言廪，则平常藏米之

廪。明堂位鲁有米廪，有虞氏之学。以有
虞氏尚孝，合藏粢盛之委②，故名学为米
廪，非廪称也。诗"亦有高廪"，以其万
亿及秭，非藏米之数，故以藏穗言之，与
常廪、御廪又异。

【笺注】

①廪：米仓，亦指储藏的米。
②粢（zī）盛：古代盛在祭器内以供祭祀的谷物。古代盛
在祭器内以供祭祀的谷物。《公羊传·桓公十四年》："御廪者
何？粢盛委之所藏也。"何休注："黍稷曰粢，在器曰盛。"

周礼注："堂涂，谓阶前，若今令甓
祴也。"疏："汉时名堂涂为令甓祴。令
甓，则今之砖也；祴则砖道也。"令音零，
祴音阶。

羊车，注："羊，善也。羊车，若今
定张车。"疏："亦未知定张车何所用，但
知在宫内所用，故差小为之，谓之羊车
也。"愚按：定张车与果下马俱宫内所用。

服虔曰："持高帝衣冠，月旦以游于
众庙，已而复之。"按月旦，谓月出时也。

傅介子年十四，好学书，尝弃觚而叹曰："丈夫当立功绝域，何能坐事散儒？"弃觚与班生投笔相类。

《春秋》书星孛，有言其所起者，有言其所入者。文公十四年秋，有星孛入于北斗。不言所起，重在北斗也。昭公十七，年有星孛于大辰西，及汉。不言及汉，重不在汉也。

按《宋史·祈报礼》曰："凡旱、蝗、水潦、无雪，皆禜祷焉①。"故本纪：太祖乾德元年十二月甲寅，命近臣祈雪。开宝五年十二月乙酉朔，祈雪，乙卯，大雨雪。六年十二月壬午，命近臣祈雪。七年十二月辛亥，命近臣祈雪。太宗雍熙二年十一月戊子，祷雪。十二月癸卯，南康军言雪降三尺。三年十一月丙戌，幸建隆观、相国寺祈雪。十二月乙未朔，大雨雪，宴群臣玉华殿。四年十二月壬寅，幸建隆观、相国寺祈雪，丁巳，大雨雪。淳化二年十一月己酉，幸建隆观、相国寺祈雪。至道二年十二月，命宰相以下百官诣诸寺观祷雪，甲寅，雨雪，大有年。仁宗

纳兰性德全集

天圣九年十一月己丑，祈雪于会灵观。神
宗熙宁元年十一月癸未，命宰臣祷雪。十
二月己亥朔，命宰臣祷雪。癸丑，祷雪于
郊庙社稷。哲宗元祐七年十二月庚午，祈
雪。绍圣元年十二月庚辰，命诸路祈雪。
终北宋之世，祈雪凡十有五见。或曰：此
礼古乎？愚曰：考之《周礼》未见，而
《左传·昭公元年》子产曰："山川之神
则水旱疠疫之灾[②]，于是乎禜之；日月星
辰之神则雪霜风雨之不时，于是乎禜之。"
此非祈雪之明证乎？或曰：雪风雨之不时
当禜矣，而霜则何为？愚曰：诗"正月繁
霜"，正月，建巳之月也；春秋"冬十月，
陨霜杀菽"，十月，建酉之月也。于此二
月而霜，非灾变之尤者乎？遇灾而惧，故
亦为之禜祷焉。

【笺注】

①禜祷：为禳灾而祭祀、祈祷。《后汉书·臧洪传》："和
不理戎警，但坐列巫史，禜祷羣神。"禜（yǒng），古代为禳风
雨、雪霜、水旱、疠疫而祭祀日月星辰、山川之神。《周礼·
地官·党正》："春秋祭禜，亦如之。"郑玄注："禜，谓雩禜

水旱之神。盖亦为坛位，如祭社稷云。"

②疠疫：瘟疫。《左传·昭公元年》："山川之神，则水旱疠疫之灾，于是乎禜之。"孔颖达疏："疠疫谓害气流行，岁多疾病。"

《文献通考》止有祈雨、祈晴，并无祈雪。愚尝谓《通考》虽千古奇书，而多未备，兹其一端乎？又考《唐书·礼乐志》，并祈雨、祈晴亦缺，疏矣。《祈雪礼》实昉于宋。

《晋书·贾谧传》："谧为秘书监，掌国史。先是，朝廷议立晋书限断，中书监荀勖谓宜以魏正始起年，著作郎王瓒欲引嘉平以下朝臣尽入晋史，于时依违，未有所决。惠帝立，更使议之。谧上议，请从泰始为断，于是下三府。司徒王戎、司空张华、领军将军王衍、侍中乐广、黄门侍郎嵇绍、国子博士谢衡皆从谧议，骑都尉济北侯荀畯、侍中荀藩、黄门侍郎华混以为宜用正始开元，博士荀熙、刁协谓宜嘉平起年。谧重执奏戎、华之议，事遂始行。"《潘岳传》："谧晋书限断，亦岳之辞也。"按正始，魏主曹芳年号，始庚申，终戊辰，凡九年，嘉平则芳在位之第十年己巳，司马懿杀曹爽自为丞相时也。又后十六年方为泰始元年乙酉，司马炎篡魏自立矣。窃以贾谧限断请自泰始，虽圣人亦不能废其言。

《吕氏春秋·尊师》云："子张，鲁之鄙家也；颜涿聚，梁父之大盗也，学于孔子。段干木，晋国之大驵也，学于子夏。高何、县子石，齐国之暴者也，指于乡曲，学于子墨子。索卢参，东方之钜狡也，学于禽滑黎①。此六人者，刑戮死辱之人也。今非徒免于刑戮死辱也，由此为天下名士显人以终其寿，王公大人从而礼之，此得之于学也。"

【笺注】

①禽滑（gǔ）黎（xī）：又作禽滑厘。禽滑黎曾是儒门弟子，学于子夏，自转投墨子后，一直潜心墨学。

《史记·李斯列传》："秦王乃拜斯为长史，听其计，阴遣谋士赍金玉以游说诸侯。诸侯名士可下以财者，厚遗结之；不肯者，利剑刺之，离其君臣之计。"又《张耳陈馀列传》："秦灭魏数岁，已闻此两人，魏之名士也。"

或问：名士之称何昉乎？曰：见于经，则月令"聘名士"；见于史，则《李斯传》"诸侯名士"、《张耳陈馀传》"此两人魏之名士"；见于子，则"子张、颜涿聚、段干木、高何、县子石、索卢参，此六人为天下名士显人"是也。大抵名士之称，权舆于六国之末，而极盛于东汉之世。

张天如《史论》有云："桓帝之世，有宦官，有名士，天子为宦官而驱除名士。灵帝之世，有宦官，无名士，宦官不复畏名士而专制天子。"

北齐济南王立为皇太子，初学反语，于"迹"字下注云：自反。侍者未达其故，太子曰：跡字足旁亦，岂非自反耶？以足亦反为跡也①。

【笺注】

① "北齐"三句：出自《北齐书》："废帝（高）殷，字

正道，文宣帝之长子也，母曰李皇后。天保元年，立为皇太子，时年六岁。性敏慧。初学反语，于'迹'字下注云：自反。侍者未达其故，太子曰：'迹字，足傍亦为迹，岂非自反耶？'"反语，即反切。北齐颜之推《颜氏家训·书证》："且郑玄以前，全不解反语；《通俗》反音，甚会近俗。"

《魏书》，安同父屈，仕慕容暐为殿中郎将。同长子亦名屈，典太仓事，盗粳米者也，竟与祖同名。

魏黄门王遵业风仪清秀，从容恬素，若处丘园。尝著穿角履①，好事者多毁履以学之。可与郭泰折角巾作对。

【笺注】

①穿角履：破头的鞋子。

世传宣炉出炼铜十二火，故有光彩。而云南丽江之铜甚精，曝以日光，即有光彩。安知宣炉非此铜所铸？宣炉世所重者如鳅耳、鱼耳，雅式者也；亦有至怪之式，如波斯马槽者，而实出宣朝所作。

宋砚大抵不发墨，近年竭江以取下岩之石曰蕉叶白者，发墨如泛油，则知传世宋砚本非良材。砚取发墨，非止易浓，亦以作字有宝光耳。

宋之团茶，末之而加以香药，失茶之本味，极为可笑。而墨则必贵香，冰麝之值倍烟值。

造墨用独草取烟，独草则烟细，而烟非桐油不黑。墨工在徽歙，而烟则产于楚地，彼处产桐子故也。

文衡山曾见一纸，广二丈①，赵文敏不敢作字，题记而已。此必王家之物，不知纸工以何器成之。

墨之善者不独在烟，亦在于杵。墨料同而蒸碓多百日者则倍胜②，更多更胜。李廷珪墨可以刮舌，殆亦以此。

【笺注】

①文衡山：文徵明。明书画家、文学家。初名壁，字徵明，以字行，因先世居衡山，故号衡山居士，长洲（今江苏苏州）人。

②碓（duī）：撞击；冲击。《文选·木华〈海赋〉》："岑岭飞腾而反覆，五岳鼓舞而相碓。"李善注："岑岭、五岳，言波涛之形。递相触激。故或反覆，故或相碓也。"

墨用鹿角胶，非良法也。墨忌者卤气，鹿生深山中，其角犹有卤气，生海滨者更甚。但用黄牛之革，天泉漂之，至卤气去，煎之成胶，即以入烟，最善。若寒凝之后更溶化而为之，即不尽美。故曰胶新杵到。

古之车战，以一车统百人，万人只须百车统之，法甚简易。废车用步，法不得不密，密则烦矣。

古兵法只用车，驾车以马，故周礼夏官称司马。国大则马多，故问国君之富，数马以对。

獠獞兵器，每洞各习一种。其习标枪者，铁刃重二斤，把围之木一臂，而开发无不中。狼兵则专习笔，田州岑氏则习双刃，皆绝技也。邻洞莫非世仇，其精兵留以自卫，应调乃次等者。

西人风车藉风力以转动，可省人力。此器扬州自有之，而不及彼之便易。西人取井水以灌溉，有恒昇车，其理即中国之风箱也。

中国用桔槔，大费人力。西人有龙尾

车^①，妙绝。其制用一木柱，径六七寸，分八分，橘囊如螺旋者围于柱外，斜置水中而转之，水被诱则上行而登田。又以风车转之，则数百亩田之水，一人足以致之，大有益于农事。苟得百金，鸠工庀材，必相仿效，通行天下，为利无穷。

【笺注】

①龙尾车：农田水利排灌用的水车。明徐光启《农政全书》卷十九："龙尾车者，河滨挈水之器也。"

中国鸟铳，利器也。倭人来，始得其式。倭人鸟铳之底不焊，焊者有失，作螺旋铁砧塞之不炸，又可水涤也。近处有照门，铳端有照星。照星、照门与所击之物相应，发无不中。矢又去远，远胜弓矢。

宋之神臂弓，本弩也。名为弓者有故：弓弦必刮弩臂而行，弓力不尽于矢，神臂于臂之行矢处，削而下之，弦得空行，力得尽于矢也。

龙蛰而起^①，其破墙屋，穴如碗许大，无风雷，无云水。蛟蜃则乘风雷^②，作大水，出而伤物甚多。龙故称为神也。《释典》言龙有蛇形、马形、虾蟆形者。又言天帝宫殿在空中，乃龙持之。又言龙能变人形，唯生时、死时、睡时、淫时、嗔时不能变本形。又言龙有热沙着身、烈风坏衣之苦，有金翅鸟吞啖之苦。

【笺注】

① 龙蛰：谓阳气潜藏。
② 蛟蜃：蛟与蜃。亦泛指水族。

天龙为贵，海龙次之，江湖之龙又次之，井潭之龙下矣。

龙喜睡，数百年一觉，甚至积沙其身成村落，觉即脱神弃身而去，不伤于物。

神龙行雨以利物，毒龙为恶风以害物。

海中夏秋间，时有取水之龙，云断处如悬一带，袅袅而动。海运之道，每当龙宫而过，舟师识之。其水湛然，人不敢作语声，不知者发铳，则惊跃而破舟矣。

定海有龙夜归，目如双炬，指挥万姓

者不知，以为寇警，发矢射之，伤一目，风涛大作，舟击撞而破者甚众。其后龙出，止见一炬。龙于淫时不能变形，则非人所能匹。柳毅传亦不读释典者所作。

《释典》言毒龙目光及人，其人即死。又言以龙心念力，故水即沛然①，则不在乎取水以成雨也。

【笺注】

①沛然：充盛貌；盛大貌。

龙以石为食，挐攫所及①，石即如粉。夏禹凿三峡门、龙门，必是役龙为之，非人力所及也，故曰神禹。

【笺注】

①挐（ná）攫（jué）：搏斗。

陈宠曰："萧何草律，俱避立春之月，而不计天地之正，三王之春，实颇有违。"此亦三王改月并改时之一证也。

上巳祓除谓之戒浴①，见祓除疏。挈

纳兰性德全集

虞、束皙之对皆失引②，或贾氏是唐人语。

【笺注】

①被除：除灾去邪之祭。
②挚虞：西晋谱学家。

明弘治六年奏准每科一选，不拘地方，不限年岁，待进士分拨办事之后，行令有志学古者，各录其平日所作古文十五篇以上，限一月以里投送礼部。礼部阅试讫，编号分送翰林院，考订文理可取者，按号行取。吏部该司仍将各人试卷记号名送内阁，照例考选。每科取选不过二十人，留不过三五人。

卷十八　渌水亭杂识四

古人咏史，叙事无意，史也，非诗矣。唐人实胜古人，如"江流石不转，遗恨失吞吴①""武帝自知身不死，教修玉殿号长生②""东风不与周郎便，铜雀春深锁二乔③""此日六军同驻马，当时七夕笑牵牛④"，诸有意而不落议论，故佳。若落议论，史评也，非诗矣。宋已后多患此病。愚谓唐诗宗旨断绝五百余年，此亦一端。

【笺注】

①江流石不转，遗恨失吞吴：此两句出自唐杜甫《八阵图》。

②武帝自知身不死，教修玉殿号长生：此两句出自唐姚合《晓望华清宫》。

③东风不假周郎便，铜雀春深锁二乔：此两句出自唐杜牧《赤壁》。

④此日六军同驻马，当时七夕笑牵牛：此两句出自唐李商隐《马嵬》。

咏史只可用本事中事，用他事中事，须宾主历然。若只作古事用之，便不当行。如"太平天子朝元日，五色云车驾六龙"①，元者，玄元皇帝老子也，唐世奉为始祖，事固诬诞；天子五色车用汉武甲乙日青车、丙丁日赤车事。周伯强引杜预《〈左传〉序》语，谓之具文见意，以其意在文中，更不出意也，乃为高手。

今世之大为诗害者，莫过于作步韵诗②。唐人中晚稍有之，宋乃大盛，故元人作《韵府群玉》。今世非步韵无诗，岂非怪事？诗既不敌前人，而又自缚手臂以临敌，失计极矣。愚曾与友人言此，渠曰："今人止是做韵，谁曾做诗？"此言利害，不可不畏。若人不戒绝此病，必无好诗。

【笺注】

①太平天子朝元日，五色云车驾六龙：此两句出自唐王建《宫词》。

②步韵：又称次韵。用他人诗作的韵脚的原字及其先后次第进行诗歌唱和。一般认为始于唐代白居易和元稹的互相唱和。

诗乃心声，性情中事也。发乎情，止

乎礼义，故谓之性。亦须有才，乃能挥拓，有学，乃不虚薄杜撰，才学之用于诗者，如是而已。昌黎逞才，子瞻逞学，便与性情隔绝。

雅颂多赋，国风多比兴，楚词从国风而出，纯是比兴，赋义绝少。唐人诗宗风骚，多比兴。宋诗比兴已少。明人诗皆赋也，便觉版腐少味。

山谷《猩猩毛笔诗》不失唐人丰致①，反自题为"戏作"，失正眼矣。

【笺注】

①山谷：黄庭坚。北宋大诗人，自号山谷道人，有《戏咏猩猩毛笔》诗二首。

唐人诗意不在题中，亦有不在诗中者，故高远有味。虽作咏物诗，亦必意有寄托，不作死句。老杜《黑白鹰》、曹唐《病马》、韩偓《落花》可证。今人论诗，唯恐一字走却题目，时文也，非诗也。

自五代兵革，中原文献凋落，诗道失传，而小词大盛。宋人专意于词，实为精绝，诗其尘饭涂羹①，故远不及唐人。

【笺注】

①尘饭涂羹：以土作饭，以泥作羹，比喻无足轻重之物。《韩非子·外储说左上》："夫婴儿相与戏也，以尘为饭，以涂为羹，以木为戢，然至日晚必归饟者，尘饭涂羹可以戏而不可食也。"

人情好新，今日忽尚宋诗。举业欲干禄①，人操其柄，不得不随人转步。诗取自适，何以随人？

【笺注】

①干禄：去仕进。《论语·为政》："子张学干禄。"

诗之学古，如孩提不能无乳姆也。必自立而后成诗，犹之能自立而后成人也。明之学老杜、学盛唐者，皆一生在乳姆胸前过日。

庾子山句句用事①，固不灵动。六一禁绝之②，一事不用，故遂至于澹薄空疏，了无意味。

①庾子山：庾信。北朝北周文学家。字子山，小字兰成，南阳新野（今属河南）人。善诗、骈文，早期作品绮艳轻靡，暮年转为苍凉萧瑟，为大诗人杜甫所推崇（"庾信文章老更成，凌云健笔意纵横"），但时有用典太多之病。

②六一：欧阳修。北宋文学家，字永叔，号醉翁、六一居士。

唐人有寄托，故使事灵。后人无寄托，故使事版。

刘禹锡云："阁上掩书刘向去，门前修刺孔融来。"① 借古以叙时事，则灵动。武元衡云："刘琨长啸风生坐②，谢朓题诗月满楼③。"实用古事而无寄托，便成死句。

①修刺：置备名帖，做通报姓名之用。《后汉书·文苑传·边让》："时宾客满堂，莫不羡其风。府掾孔融、王朗并修刺候焉。"

②刘琨：西晋将领、诗人，字越石，中山魏昌（今河北定州南）人。曾有吹笳退敌之故事。

③谢朓：南朝齐诗人。字玄晖，陈郡阳夏（今河南太康）人，曾任宣城太守、尚书吏部郎。善辞赋和散文，有《谢宣城集》。

建安无偶句，西晋颇有之，日盛月加，至梁、陈谓之格诗，有排偶而无粘。沈、宋又加剪裁，遂成五言唐律。《长庆集》中尚有半格体①。

七言，汉人犹未成体，至魏文帝之《燕歌行》而成体，至梁人渐近于律，至初唐而遂成七言律诗。

七言歌行始于六朝，其间有长短句，有换韵，音节低昂，声势稳密，居然近体，非古诗也。

《北史·卢思道传》曰："周武帝平齐，授思道仪同三司，追赴长安，与同辈杨休之等数人作《听鸣蝉篇》，思道所为，词意清切，为时人所重，新野庾信遍览诸同作者而叹美之。"今读其词，居然初唐王、杨诸子②。隋炀帝《江都宫乐歌》七言律体已具，律诗亦不始于唐。

【笺注】

①《长庆集》:《白氏长庆集》。唐白居易作品集名。

②王、杨诸子:初唐四杰。初唐文学家王勃、杨炯、卢照邻和骆宾王,四人虽沿袭齐梁以来的绮丽习气,但作品题材广泛,风格走向清峻,对唐代文学风气的转变起了一定的作用。

　　五七言绝句,唐人加以粘缀,声病耳①,其体未变于古也。

【笺注】

①声病:指诗文声律上的毛病。作诗讲求韵律,探讨声病,始自南朝梁沈约等,至唐乃有此称。唐时以诗赋取士,常以此决定优劣取舍。《资治通鉴·唐代宗广德元年》:"考文者以声病为是非。"胡三省注:"声病,谓以平、上、去、入四声辑而成文,音从声顺谓之声,反是则谓之病。"

　　五言律诗,其气脉犹与古诗相近。至于七言律诗,则别一世界矣。

　　六朝人凡两句谓之联,凡四句谓之绝,非必以四句一篇者为绝句。

　　休文八病①,宋人已不能辨。大约有声病、守粘缀、无叠韵、不口吃者,八病俱离。

【笺注】

①休文：沈约。南朝梁文学家。字休文，吴兴武康（今浙江德清）人。与周颙等人创"四声八病"之说，要求作诗区别并调和四声，避免八病，对古体诗向律诗转变起了重要作用。八病：谓作诗在声律上应当避忌的八种弊病。南齐永明中沉约等倡声病说，至唐始有八病的名目，宋人更加以发挥。八病为平头、上尾、蜂腰、鹤膝、大韵、小韵、旁纽、正纽。

口吃诗即翻也①，叠韵诗即切也。"古今贵经教"，口吃也；"屋北鹿独宿"，叠韵也。口吃亦名双声。

【笺注】

①口吃诗：指用字多双声的诗。

"独树临江夜泊船"，或本作"独戍"。愚谓大江中有戍兵处，可泊船，以"独戍"为是。后读《宋史·王明传》，见其地有独树口，不觉自失。

唐人以韵字之少者与他部合之为通用。"哈"当与"佳"通，以隔一部，故遂与"灰"通，以致字声乱极。

韵本休文小学之书，以为诗韵，已误，今人又作词韵，谬之谬也。

人之作诗必宗三百篇，而用韵反不宗之，岂非颠倒？

东翻登，冬翻丁，声固不同，而非不可同押者也。休文诸公强作解事，分为二部，后人以是唐人所遵，不敢相异。

赵文敏诗不独在元人为翘楚①，在宋可比晏同叔②。而本传云以书画掩其文章，以文章掩其经济。元世祖开国之君，所用当不谬也。

【笺注】

①赵文敏：元代书画家赵孟頫，字子昂，号松雪道人、水精宫道人。工书法，擅画，能诗文，风格和婉。有《松雪斋集》。

②晏同叔：北宋词人晏殊，字同叔，抚州临川（今江西抚州）人。其词擅长小令，多表现诗酒生活和悠闲情致，语言婉丽。

杨铁崖乐府别是一种奇特之文①，谓之乐府则不可。李宾之亦然②。

【笺注】

①杨铁崖：杨维桢。元文学家、书法家。字廉夫，号铁崖、铁雅、东维子等。一生致力于诗文辞赋的革新，亦共散曲，尤以倡导古乐府而追随者甚众，自成流派。诗风纵横奇诡，称"铁崖体"。

②李宾之：明代文学家李东阳，以馆阁大臣领袖文坛，形成茶陵诗派。诗作出入宋元，溯流唐代，为文典雅流丽。

汉人乐府多浓谲①，《十九首》皆高澹②，而《文选》注亦有引入乐府者，不知何故。

【笺注】

①浓谲：浑厚而富于变化。
②高澹：高洁淡雅。

乐府，汉武所立之官名，非诗体也。后人以为诗体。

古人乐府词有切题者，有不切题者，其故不可解。

少陵自作新题乐府①，固是千古杰人。

①少陵：唐代诗人杜甫，因其尝自称少陵野老，故称。

　　大抵古人诗有专为乐歌而作者，谓之乐府。亦有文人偶作，乐工收而歌之者，亦名乐府。

　　乐府题今人多不能解，则不必强作。李于鳞①优孟衣冠，徒为人笑。

【笺注】

①李于鳞：李攀龙。明代文学家。字于鳞，号沧溟，历城（今山东济南）人。所作诗文多摩拟古人，好之者推为一代宗匠，抵之者斥为假古董。

　　《焦仲卿妻》又是乐府中之别体，意者如后之《数落山坡羊》①，一人弹唱者乎？

【笺注】

①《数落山坡羊》：《山坡羊》本为曲牌名，作为民间曲调流行于明正德年间，多表现男女情爱。《数落山坡羊》，曲词长，大约用数板歌唱。

曲起而词废，词起而诗废，唐体起而古诗废。作诗欲以言情耳，生乎今之世，近体足以言情矣。好古之士本无其情，而强效其体，以作古乐府，殊觉无谓。

律诗，近体也，其开承转合与时文相似，唯无破承起讲耳。古诗则欧、苏之文[1]，千变万化者也。作时文者，多不敢擅作古文，而作律诗者无不竟作古诗，可乎哉？

【笺注】

①欧、苏：这里指宋代文学家欧阳修和苏轼。

古诗，汉枚乘所作有在《十九首》中者，然亦不殊于建安，但举建安之名以为宗极可也。

阮公《咏怀》[1]不下建安人作，自此而后，西晋已变，建安体绝于阮公。

【笺注】

①阮公：阮籍。三国魏文学家、思想家，字嗣宗，陈留尉

氏（今属河南）人。所作《咏怀》八十余首，多表现人生的孤独与苦闷，情调郁暗而富于哲理性。

西晋之《白纻舞词》不言何人作，那得下于汉人。

东晋竟无诗，至陶、谢而复振[1]。

【笺注】

[1]陶、谢：这里指东晋文学家陶渊明和南朝宋诗人谢灵运。

康乐矜贵之极[1]，不知者反以为才短幅狭，将为东坡如搓黄麻绳千百尺乎？

【笺注】

[1]康乐：谢灵运，陈郡阳夏（今河南太康）人，移籍会稽（治今浙江绍兴市）。谢玄之孙，晋时袭封康乐公，故称谢康乐。明人辑有《谢康乐集》。

诗至明远而绚丽已极[1]，虽不似建安，而别立门户，不肯相下也。

①明远：鲍照，南朝宋文学家，字明远，东海（郡治今山东郯城北）人。诗多不平之慨，长于乐府，尤擅七言之作，风格俊逸，对唐代李白、岑参颇有影响。

昌黎作《王仲舒碑》，又作志；作《刘统军志》，又作碑。东坡作《司马公行状》，又作碑。其事虽同，而文词句律乃无一字相似者。蔡中郎为陈太丘、胡广作碑，及为二公作祠铭，同者乃十七八。

韩退之作《博士李君墓志》，通无一语及其家世、宦迹、才行，直谓其误服方士柳泌药下血以死，且援引数人同以是死者，自李虚中、孟简、卢坦而下六七人。其文甚奇，公刻意而作，意欲后世永为鉴戒。然古今碑志无此体也。虞伯生作《晏氏家谱序》，亦历数宋窦俨、贾昌期而下数十人之子孙隆替，当亦效昌黎而作，然于晏氏亦有感激称颂语，不似昌黎之漠然于李氏也。

《欧阳公谢赐衣带马表》，东坡幼时，老泉命拟作①，语意甚工。明成化丙午②，场屋出此题以试士，所刻程文则益该博精切。至弘治壬子③，复出魏征谢黄金厩马，则益工矣。余意谓宋人尚四六，丙午刻者不失为宋表；壬子所刻，唐人则无是语也。后见《常衮集》中有《谢绯衣银牙笏玉带表》云："臣学媿聚萤④，才非倚马。典坟未博⑤，谬膺良史之官；词翰不工，忝辱侍臣之列⑥。惟知待罪，敢望殊私？银章雪明⑦，朱黻电映⑧，鱼须在手⑨，虹玉横腰⑩。祗奉宠荣，顿忘惊惕。蜉蝣之咏⑪，恐刺国风；蝼蚁之诚⑫，难酬天造。"然则唐世已有此体矣。

【笺注】

① 老泉：苏洵，北宋文学家，苏轼之父，字明允，眉州眉山（今属四川）人。旧传号老泉（今人已订其误）。

② 成化：明宪宗朱见深年号。成化丙午为 1486 年。

③ 弘治：明孝宗朱祐樘年号。弘治壬子为 1492 年。

④ 聚萤：收聚萤光以照明。《晋书·车胤传》："家贫不常得油，夏月则练囊盛数十萤火以照书，以夜继日焉。"后常以"聚萤"喻指刻苦力学。

⑤ 典坟：三坟五典的省称。指各种古代文籍。《淮南子·齐俗训》："衣足以覆形，从典坟，虚循挠便身体，适行步。"《隶

续·汉郎中王政碑〉》："研典贲。"洪适释："碑以'贲'为'坟'。"

⑥叨辱：谦辞。犹言忝任。

⑦银章：银印。其文曰章。汉制，凡吏秩比二千石以上皆银印。隋唐以后官不佩印，只有随身鱼袋。金银鱼袋等谓之章服，亦简称银章。

⑧朱黻：同"朱绂"。古代礼服上的红色蔽膝。借指官服。《文选·韦孟〈讽谏〉诗》："黼衣朱黻，四牡龙旂。"李善注引应劭曰："朱黻，上广一尺，下广二尺，长三尺，以皮为之，古者上公服之。"

⑨鱼须：指鲨鱼的须。代称笏。古代大夫所用之笏，因饰以鲨鱼的须，故称。

⑩虹玉：彩色的美玉。横腰：横系腰间。

⑪蜉蝣：虫名。幼虫生活在水中，成虫褐绿色，有四翅，生存期极短。《诗·曹风·蜉蝣》："蜉蝣之羽，衣裳楚楚。"毛传："蜉蝣，渠略也，朝生夕死。"

⑫蝼蚁：蝼蛄和蚂蚁。喻力量微弱，地位低下无足轻重。蝼蚁之诚，为自谦之辞。

唐之诗人惟陈子昂、张说、高适集中间有幽州之作，此外游宦于兹土者寡。宋则非奉使不至，故题咏亦无多。王之涣《九日送别诗》云："蓟庭萧瑟故人稀，何处登高且送归。今日暂同芳菊酒，明朝应作断蓬飞。"窦巩《蓟门诗》云："自从身属富人侯，蝉噪槐花已四秋。今日一茎新白发，懒骑官马到幽州。"马戴诗云："荆卿西去不复返，易水东流无尽期。日暮萧条蓟城北，黄沙白草任风吹。"张耒诗云："十月北风燕草黄，燕人马饱风力强。虎皮裁鞍雕羽箭，射杀阴山双白狼。"四诗辞俱工。其余杂见于出塞送行之作，如"屡战桥恒断，长冰暂不流"，徐陵诗也；"塞禽惟有雁，关树但生榆"，王褒诗也；"万里寒光生积雪，三边曙色动危旌"，祖咏诗也；"日生方见树，风定始无沙"，裴说诗也；"沙河流不定，春草冻难青"，王贞白诗也；"风折旗竿曲，沙埋树杪平"，马戴诗也；"黄云战后积，白草暮来看"，释皎然诗也；"塞馆皆无簟，儒装亦有弓""已行难避雪，何处合逢花"，项斯诗也；"戍楼承落日，沙塞碍征蓬"，张蠙诗也；"有雪常经夏，无花空到春。下营云外火，驱马月中尘"，于鹄诗也；"野烧枯蓬旋，沙风匹马冲"，黄滔诗也；"儿童能走马，妇女亦弯弓"，欧阳修诗也；"边日照人如月色，野风吹草作泉声"，范镇诗也，皆善状燕中风景者。

李群玉《湘妃庙诗》："相约杏花坛上去，画阑红紫斗樗蒲①。"范摅云溪友议曰："群玉题庙，见二女曰：'二年后当与君为云雨之游。'段成式戏之曰：'不意足下是虞舜之辟阳。'"诗人轻薄至此，比于周秦行纪甚矣。按舜升遐已一百十岁，三十征庸②，帝妻二女，度其年已及笄，至此时亦是七八十岁老妪。后人纷纷摹拟，湘筠染泪，比迹巫山，非独亵慢圣人，亦且有乖事实。

【笺注】

①樗（chū）蒲：古代博戏名。汉代即有之，晋时尤盛行。以掷骰决胜负，得采有卢、雉、犊、白等称，视掷出的骰色而定。其术久废。后为掷骰的泛称。

②征庸：谓被征召任用。《书·舜典》："舜生三十征庸。"

唐李益《赠卢纶诗》曰："世故中年别，余生此会同。却将悲与病，独对朗陵翁。"卢和云："戚戚一西东，十年今始同。可怜风雨夜，相对两衰翁。"句律凄惋，如出一口。

张继在临川寄皇甫冉诗曰："京口情人别久，扬州估客来疏。潮到浔阳回去，相思何处通书。"以上三句见下一句，别是一体，然其声调亦不愧盛唐。冉答之云："望望南徐登北固，迢迢西塞望东关。落日临川问音信，寒潮惟带夕阳还。"不但格律与之相埒，而一时相与之情亦可想见也。

王建《宫词》："太仪前日暖房来，嘱向昭阳乞药栽。敕赐一科红踯躅①，谢恩未了奏花开。"今人有迁居或新筑室，朋侪醵金往贺②，曰暖房，盖自唐人已有之矣。

【笺注】

①踯（zhí）躅（zhú）：杜鹃花的别名。又名映山红。
②朋侪：朋辈。醵（jù）金：集资，凑钱。

《兰亭记》"丝竹管弦"之词，诚为重复，然不特右军言之。西汉《张禹传》"后堂理丝竹管弦"，则汉初已有此语矣。

《六一诗》云："徐福行时书未焚，

逸书百篇今尚存。令严不敢传中国，举世无由识古文。"谓日本国有逸书，历问之贸易往来，不然。昔又传闻彼国无《易经》，舟中有此经即波浪不得过，亦不然。

元遗山编《唐诗鼓吹》，以柳子厚《登柳州城楼诗》置之篇首①。此诗果足以压卷乎？且其中许浑诗入选最多②，今人脍炙不厌，无怪乎诗格日卑。

【笺注】

①柳子厚：柳宗元，唐代文学家、哲学家，字子厚，河东（今山西运城西南）人，世称柳河东。《登柳州城楼》诗题目全称为《登柳州城楼寄漳汀封连四州》。

②许浑：唐代诗人，字用晦，一作仲晦，润州丹阳（今属江苏）人。诗长于律体，多登高怀古之作。

丁鹤年，西域人。洪武初，回回人禁例甚严，行止皆不得自由。丁尝有诗云："行踪不定枭东徙，心事惟随雁北飞。"刘伯温家居危疑，九日诗云："薏苡明珠千古恨，却嫌黄菊似金钱。"其意皆可伤也。

花间之词如古玉器，贵重而不适用。宋词适用而少贵重。李后主兼有其美，更饶烟水迷离之致。

词虽苏、辛并称，而辛实胜苏。苏诗伤学，词伤才。

宋人好推誉本朝人物，以六一比子长，犹十得五六，以放翁比太白，十不得三四。

昔人好取华丽字以名类事之书，如编珠、合璧、雕金、玉英、玉屑、金钥、金匮、宝海、宝车、龙筋、凤髓、麟角、天机锦、五色线、万花谷、青囊、锦带、玉连环、紫香囊、珊瑚木、金銮香蕊、碧玉芳林之属，未能悉数。闻国学镂版向有玉浮图，不知何书，当亦属类家也。又有孟四元赋，孟名宗献，字友之，自号虚静居士，金时冠于乡、于府、于省、于御前，故号"四元"。其律赋为学者法，然《金史》不入文苑之列，惟见于刘京叔《归潜志》。

三教中皆有义理，皆有实用，皆有人物。能尽知之，犹恐所见未当古人心事，不能伏人。若不读其书，不知其道，唯恃一家之说，冲口乱骂，只自见其孤陋耳。

昌黎文名高出千古，元晦道统自继孔孟，人犹笑之，何况余人？大抵一家人相聚，只说得一家话，自许英杰，不自知孤陋也。读书贵多贵细，学问贵广贵实。开口捉笔，驷马不及，非易事也。

儒道在汉为谶纬所杂，在宋为二氏所杂①。杂谶纬者，粗而易破；袭二氏者，细而难知。苟不深穷二氏之说，则昔人所杂者，必受其瞒，开口被笑。

【笺注】

①二氏：指佛、道两家。唐韩愈《重答张籍书》："今夫二氏之所宗而事之者，下乃公卿辅相，吾岂敢昌言排之哉？"

《楞严》云："以世界轮回取颠倒，故人、畜、仙其类充塞。"世之学仙者，守清净而间阴阳。非色界天无女人，但有色身，故名色界，欲念消尽者生于此。玉帝犹在欲界第二天。其上更有四层，皆有女人，有女则有欲，但以次轻微而上耳。神仙统于玉帝，事可知矣。人世事释典无不言之，谓有力者从修罗虎象中来。

唐太宗命三藏法师取经，既至西域，有老僧年已七百，谓之曰："此间经籍甚多，人命短促，能读几何？须服我延年药，庶可读少分。"藏师以帝命有定期而辞之。

《楞严》翻译在武后时，千年以来，皆被台家拉去①，作一心三观。万历中年，僧交光始发明根性宗趣，暗室一灯矣。钱牧斋研究之工②，远过钟伯敬③。钟于《楞严》知有根性，钱竟不知也。生天，牧斋必在伯敬前，成佛当在伯敬后。

【笺注】

①台家：指天台宗。
②钱牧斋：钱谦益。明末清初文学家，字受之，号牧斋，晚号蒙叟、东涧遗老，常熟（今属江苏）人。家富藏书，学殖宏博，为明清之际文坛领袖。
③钟伯敬：钟惺。明文学家，字伯敬，号退谷，又号止公居士、晚知居士，竟陵（今湖北天门）人。

人不可强所不知以为知。唐荆川博极群书①，其作《稗编》，门类、议论无不精确，唯所列释氏之徒宗教不分，为人所议。

【笺注】

①唐荆川：唐顺之。明代文学家、学者，字应德，一字义修，学者称荆川先生，武进（今江苏常州）人。编有《荆川稗编》。

万松老人①，耶律文正王之师也②。其语文正王曰："以儒治国，以佛治心。"王亟称之，谓："云门之宗③，悟者得之于紧峭④，迷者失之识情。临济之宗⑤，明者得之于峻拔，昧者失之卤莽。曹洞之宗⑥，智者得之于绵密，愚者失之廉纤。独万松老人全曹洞之血脉，具云门之善巧，备临济之机锋，诚宗门之大匠，四海之所式范。"其倾心至矣。老人有《万寿语录》《释氏新闻》，又善抚琴，尝从文正王索琴，王以《承华殿春雷》及《种玉翁悲风》谱赠之，见《湛然居士集》。且作诗寄老人，有"一曲悲风对谱传"之句。又尝寄孔雀便面⑦，附以诗云："风流彩扇出西州，寄与白莲老社头。遮日招风

都不碍，休从侍者索犀牛。"传之法门，
亦佳话也。

【笺注】

①万松老人：万松行秀禅师俗姓蔡，自称万松野老。金代
河内人。精通曹洞宗禅说，长于机辩，声名赫赫。

②耶律文正王：耶律楚材，蒙古成吉思汗、窝阔台汗时大
臣，字晋卿，号湛然居士。善诗文，有《湛然居士文集》。

③云门之宗：中国佛教禅宗南宗五家之一。五代文偃创建
于韶州云门山（今广东省乳源瑶族自治县北），故名。北宋时
与临济宗并盛，至南宋时衰落不传。

④紧峭：形容雄健。

⑤临济之宗：中国佛教禅宗南宗五家之一，属于南岳怀让
法系。经马祖、百丈、黄蘗而至唐河北临济院义玄禅师，义去
正式创立此宗，故名临济宗。宗风尚单刀直入，机锋峻烈，使
人忽然省悟。

⑥曹洞之宗：中国佛教禅宗五家之一。唐禅宗六祖慧能传
弟子行思，行思希迁，希迁传药山，药山传云岩，云岩传良
价。良价住瑞州洞山，作《宝镜三昧歌》，传本寂，住抚州曹
山，故称曹洞之宗。一说，取六祖曹溪慧能及洞山良价之号，
故称。

⑦便面：古代用来遮面的扇状物。

元人事佛最可笑者，游皇城一事，作
史者乃载入《祭祀志》，甚无识见。

明慈圣太后生于漷县之永乐店，事佛甚谨，宫中称为九莲菩萨。每岁十一月十九日为其诞辰，百官率于午门前称贺，长安百姓妇孺俱与佛寺前焚香祝厘^①。享天子奉养四十三年，古今太后称全福者所未有也。

【笺注】

①祝厘：祈求福佑。

火葬倡于释氏，末俗因之。焚尸之惨，行路且不忍见，况人孤人弟乎？燕京土俗，以清明日聚无主之柩，堆若丘陵，又剖童子之棺敛而未化者，裸而置之高处，剪纸为旗，缚之于臂，此尤不仁之甚矣。或谓火化俗始自元代，然世祖至元十五年曾严焚尸之禁，且载《大元典章》，论世者未之考尔。

史籍极斥五斗米道^①，而今世真人实其裔孙，以符箓治妖有实效。自云其祖道陵，与葛玄、许旌阳、萨守坚为上帝四相，其言无稽，而符箓之效不可没也。故庄子曰："六合之内，圣人论而不议；六合之外，圣人存而不论。"

【笺注】

①五斗米道：早期民间道家，东汉顺帝元年张陵在四川鹤鸣山创立，传说入道者须交五斗米，因以为名。一说因崇拜五方星斗及信奉《五斗经》，故名。由于道教尊张陵为天师，故又称"天师道"。

少所见，多所怪，见骆驼，谓马肿背。《楞严》言十二类生甚详，而谭景升《化书》举之以为异事①，人安可不学乎？

【笺注】

①谭景升：谭峭，五代道教学者，字景升，泉州（今属福建）人，著有《化书》六卷。

《释典》多言六道，唯楞严合神仙而言七趣。神仙在天下之人之上，虽是长年，实有死时，故又言寿终仙再活为色阴魔也。道士每言历劫不死，夫众生以四大为身，神仙又以四大之精华为身，故得长年。至劫坏，则四大亦坏，身于何有而可言历劫？旅次一食可以疗饥，一宿可以适体，谓之道家，可乎？

以一药遍治众病之谓道，以众药合治一病之谓医。医术始于轩辕、岐伯，二公皆神仙也，故医术为道之绪余。

《楞严》所言十种仙，唯坚固变化是西域外道，余九种东土皆有之，而魏张人元、旌阳地元、丘长春天元为最盛。取药于人之精血者为人元，取药于地之金石者谓之地元，取药于天之日精月华者谓之天元，而餐松食柏如木客、毛女辈者，名为草仙，非所贵也。地元、人元有治病接命之术，天元无之。

明惠安伯张庆臻患痈疾①，伏床七年。涿州冯相国请道师梁西台治之，吸真气二三口，再阅日，庆臻设宴请道师，能自行宾主之礼。京师人所共知者。

【笺注】

①痈（yōng）：肿疡。一种皮肤和皮下组织化脓性的炎症，多发于颈、背，常伴有寒热等全身症状，严重者可并发败

血症。

劳山、青城、太白、武当诸深山人迹不至之地，有宋元以来不死之人，皮着于骨，见者返走，皆草仙也。既入此途，则与三元永绝，故平叔云[①]"未炼还丹莫入山，山中内外尽非铅"也。然唯绝于人元，而地元、天元则可作。

【笺注】

①平叔：张伯端，道教南宗紫阳派的鼻祖，字平叔，号紫阳、仙人。

《楞严》所谓坚固动止而不休息，即华佗之五禽戏法[①]，庄子所谓"熊经鸟伸"也[②]，以之治病亦有效，成仙则未闻也。

【笺注】

①五禽戏法：相传为汉末名医华佗首创的一种健身术。通过模仿五种禽兽（虎、鹿、熊、猿、鸟）的动作和姿态，进行肢体活动。

②熊经鸟伸：古代一种导引养生之法。状如熊之攀枝，鸟之伸脚。《庄子·刻意》："吹呴呼吸，吐故纳新，熊经鸟申，为寿而已矣。"成玄英疏："吹冷呼而吐故，呴暖吸而纳新，如熊攀树而自悬，类鸟飞空而伸脚。"

什师《维摩经注》有云："天人以山中灵药置大海中，波涛日夜冲激，遂成仙药。"又在《楞严》十种之外，以非人所能为故也。

兽中唯狐最灵，猿次之。狐多成仙，服役于上帝，如宫奴阉者然。猿，地仙耳。

金华人家忌畜纯白猫①，能夜蹲瓦顶，盗取月光，则成精为患也。兽亦知天元哉。

【笺注】

①金华：传说中的仙人石室，这里指居住石室修炼之人。

鹿仙，非鹿成仙也。山中道士知人元之法者，以鹿代人，取药物以有成者之名也。

之得药者，有洗心之工，丹房器皿，

弃之而去，故得成仙。不弃去，只成接命者。异类类为孽，无不击于雷神，淫致祸也。乍能变为人形，以为稀事奇味，耽溺不舍，以致丧命，非药之咎也。《楞严》又有云："日月薄蚀，精气流注，著物成妖。"亦天元之意也。古人有不修而得仙者，其偶遇此精气乎？

魏伯阳以六十四卦譬喻丹道之药物火候①，后人遂引《易》成仙家之书。

【笺注】

①魏伯阳：东汉炼丹术家，一说名翱，自号云牙子，会稽上虞（今属浙江）人。著有《参同契》三卷，为后世道教所宗。

仙书唯《参同契》《入药镜》《悟真篇》是真书，其外《钟吕问答》《仙佛同源》等皆伪。

谚语云：剑法不传。有王老人云：非不传也。剑以桨比之，锋锷如桨刃，而以身为之柄。徽州目连玃人之身法轻如猿鸟，即剑法也。

唐人小说所言剑仙似乎寓言，而钱牧斋于明末，有客谒之，方巾青布袍，钱以下客畜之。数日后，造钱之友冯班①，谓曰：“古有剑术，予即其人也。闻牧斋名，故来见之，乃俗流不我识也。”班问其术，答曰：“亦服药，亦祭炼。术成，遇大风即蓬然起行，不觉已乘空矣。后则微风初起而为之，又后则见旭日之光即为之，久久无不如意矣。”言别，送至门外，相揖，班揖起，已失其人。

【笺注】

　　①冯班：明末清初诗人，字定远，号钝吟、双玉生，常熟（今属江苏）人。明末诸生，入清不仕，有《钝吟全集》等。

　　由吾道荣善洞视，萧轨之败，言之如目见，盖即道家之所谓出神也。

　　中行说难汉使曰①："且礼义之敝，上下交怨，而室屋之极，生力屈焉。"此老氏之旨。时文帝尚黄老，故其一时相习成风如此。

　　张紫阳之丹法，阴阳清净兼用之，不

得其全者，互相攻讦，终无效也。唯治病则偏者亦有效，接命则偏者不可矣。

人唯种禾以取米，则糠自得，本无种糠之法。地元之用金石亦然，而世之种糠者甚多。

涿州冯相国之长子名源淮，作元戎于楚时，追取银魂，每两一分，存者散碎为铜铁，天主教之法也。其人来中国，携银甚多，以追取其魂，故行囊不重滞，名老子藏金法。

以药汁蒸取黄金之汗以治火病，其效如神。明末宿将曾有之，尝以示客，状如麻油，自云攻南方时，有大将被铳伤垂死者，与二匙即愈。铅汗亦可用。噎隔者进之，直下无阻。呕吐之甚者，大肠中粪秽从而出，立刻命尽，非得金石重药无以治之。草木药轻浮，随呕而出也。故地元家谓草木经火则灰，经水则烂，不可为丹药。金则水火不能伤，故能养命。《抱朴子》中有服金银法。王涯置金沙于井，而饮其水。甘露之变受刑，肉色如金。

以药汁浸珠，自成粉，能治危病，又

能救记性，不健忘。

相如传言在梁著《子虚赋》，天子读而善之。相如曰："此诸侯之事，未足观，请为天子游猎之赋。"上令尚书给笔札。相如以子虚，虚言也，为楚称；乌有先生者，乌有此事也，为齐难；亡是公者，亡是人也。欲明天子之义，故虚藉此三人为辞。其为《子虚》也，既立此三人名以为上林之地矣，后《上林赋》亡是公语与乌有先生齐难紧接，无从分段，不知缘何有先后篇之别，岂著《上林》时始改剟前赋而为之耶^②？不然，则前赋为不了语矣。

卷十八 渌水亭杂识四

【笺注】

①中行说：西汉燕人，文帝时为宫中太监，奉命岁宗室公主赴匈奴和亲，至则投靠匈奴。为匈奴单于出谋划策，给汉朝造成极大祸难。

②剟（duō）：删削。

卷十九　附录上

通议大夫一等侍卫进士纳兰君墓志铭　徐乾学

　　呜呼！始容若之丧，而余哭之恸也。今其弃余也数月矣，余每一念至，未尝不悲来填膺也。呜呼！岂直师友之情乎哉？余阅世将老矣，从我游者亦众矣，如容若之天姿之纯粹，识见之高明，学问之淹通，才力之强敏，殆未有过之者也。天不假之年，余固抱丧予之痛，而闻其丧者，识与不识，皆哀而出涕也，又何以得此于人哉？太傅公失其爱子，至今每退朝，望子舍必哭，哭已，皇皇焉如冀其复者，亦岂寻常父子之情也。

　　至尊每为太傅劝节哀，太傅愈益悲不自胜。余间过相慰，则执余手而泣曰："惟君知我子，惠邀君言，以掩诸幽，使我子虽死犹生也。"余奚忍以不文为辞。顾余之知容若，自壬子秋榜后始，迄今十三四年耳。后容若入侍中，禁廷严密，其言论梗概，有非外臣所得而知者，太傅属痛悼，未能殚述，则是余之所得而言者。其于容若之生平，又不过什之二三而已。呜呼！是重可悲也。

容若姓纳兰氏，初名成德，后避东宫嫌名，改曰性德。年十七，补诸生，贡入太学。余弟立斋为祭酒，深器重之，谓余曰："司马公贤子，非常人也。"明年，举顺天乡试。余忝主司，宴于京兆府，偕诸举人青袍拜堂下，举止闲雅。越三日，谒余邸舍，谈经史源委及文体正变，老师宿儒有所不及。明年，会试中式，将廷对，患寒疾，太傅曰："吾子年少，其少俟之。"于是益肆力经济之学，熟读通鉴及占人文辞，三年而学大成。岁丙辰，应殿试，条对凯切，书法遒逸，读卷执事各官咸叹异焉。名在二甲，赐进士出身。闭门扫轨，萧然若寒素，客或诣者辄避匿。拥书数千卷，弹琴咏诗自娱悦而已。未几，太傅入秉钧，容若选授三等侍卫，出入扈从，服劳惟谨，上眷注异于他侍卫。久之，晋二等，寻晋一等。

上之幸海子、沙河，及西山、汤泉，及畿辅、五台、口外、盛京、乌剌，及登东岳，幸阙里，省江南，未尝不从。先后赐金牌、彩缎、上尊、御馔、袍帽、鞍马、弧矢、字帖、佩刀、香扇之属甚夥。是岁万寿节，上亲书唐贾至早朝七言律赐之。月余，令赋乾清门应制诗，译御制松赋，皆称旨。于是外庭佥言，上知其有文武才，非久且迁擢矣。

呜呼！孰意其七日不汗死也。容若既得疾，上使中官、侍卫及御医日数辈络绎至第诊治。于是上将出关避暑，命以疾增减报，日再三。疾亟，亲处方药赐之，未及进而殁。上为之震悼，中使赐奠，恤典有加焉。容若尝奉使觇梭龙诸羌，其殁后旬日，适诸羌输款，上于行在遣宫使拊其几筵，哭而告之，以其尝有劳于是役也。于此亦足以知上所以属任之者，非一日矣。呜呼！容若之当官任职，其事可得而纪者止于是矣。余滋以其孝友忠顺之性，殷勤固结，书所不能尽之言，言所不能传之意，虽若可仿佛其一二，而终莫能而悉也，为可惜也。容若性至孝，太傅尝偶恙，日侍左右，衣不解带，颜色黝黑，及愈乃复初。太傅及夫人加餐，辄色喜以告所亲。友爱幼弟，弟或出，必遣亲近傔仆护之，反必往视，以为常。其在上前，进反曲折有常度，性耐劳苦，严寒执热，直庐顿次，不敢乞休沐自逸，类非绮襦纨袴者所能堪也。自幼聪敏，读书一再过即不忘。善为诗，在童子已句出惊人，久之益上，得开元、大历间丰格。尤喜为词，自唐五代以来诸名家词皆有选本，以洪武韵改并联属，名词韵正略。所著《侧帽集》后更名《饮水集》者，皆词也。好观北宋之作，不喜南渡诸家，而清新秀隽，自然超逸，海内名为词者皆归之。他论著尚多。其书法摹褚河南临本褉帖，间出入于黄庭内景经。当入对殿廷，数千言立就，点画落纸，无一笔非古人者。荐绅以不得上第入词馆为容若叹息，及被恩命，引而置之珥貂之行，而后知上之所以造就之者，别有在也。容若数岁即善骑射，自在环卫，益便习，发无不中。其扈跸时，雕弓书卷，错杂左右，日则校猎，夜必读书，书声与他人鼾声相和。间以意制器，多巧倕所不能。

于书画评鉴最精。其料事屡中，不肯轻为人谋，谋必竭其肺腑。尝读赵松雪自写照诗有感，即绘小像，仿其衣冠。坐客或期许过当，弗应也。余谓之曰："尔何酷类王逸少。"容若心独喜。所论古时人物，尝言王茂弦阃阘阃阃，心术难问：娄师德唾面自干，大无廉耻。其识见多此类。间尝与之言往圣昔贤修身立行及于民物之大端，前代兴亡理乱所在，未尝不慨然以思。读书至古今家国之故，忧危明盛，持盈守谦，格人先正之遗戒，有动于中，未尝不形于色也。呜呼！岂非大雅之所谓亦世克生者耶，而竟止于斯也。夫岂徒吾党之不幸哉。

君之先世，有叶赫之地，自明初内附中国，讳星恳达尔汉，君始祖也。六传至讳养汲弩，君高祖考也。有子三人，第三子讳金台什，君曾祖考也。女弟谓太祖高

皇帝后，生太宗文皇帝。太祖高皇帝举大
事，而叶赫为明外捍，数遣使谕，不听，
因加兵克叶赫，金台什死焉。卒以旧恩，
存其世祀。其次子即今太傅公之考，讳倪
迓韩，君祖考也。君太傅之长子，母觉罗
氏，一品夫人。渊源令绪本崇积厚，发闻
滋大，若不可围。配卢氏，两广总督、兵
部尚书、都察院右副都御史兴祖之女，赠
淑人，先君卒。继室官氏，某官某之女，
封淑人。男子子二人，福哥、口，女子子
一人，皆幼。君生于顺治十一年十二月，
卒于康熙二十四年五月己丑，年三十有
一。君所交游，皆一时俊异，于世所称落
落难合者，若无锡严绳孙、顾贞观、秦松
龄、宜兴陈维崧、慈溪姜宸英，尤所契
厚。吴江吴兆骞久徙绝塞，君闻其才名，
赎而还之。坎轲失职之士走京师，生馆死
殡，于赀财无所计惜。以故君之丧，哭之
者皆出涕，为哀挽之词者数十百人，有生
平未识面者。其于余绸缪笃挚，数年之
中，殆日以余之休戚为休戚也，故余之痛
尤深。既为诗以哭之，应太傅之命而又为

之铭，其葬盖未有日也。铭曰：

天实生才，蕴崇胚胎。将象贤而奕世也，而靳与之年，谓之何哉。使功绪不显于旂常，德泽不究于黎庶，岂其有物焉为之灾？惟其所树立，亦足以不死矣，而亦又奚哀。

通议大夫一等侍卫进士纳兰君
神道碑文　徐乾学

　　侍卫纳兰君容若之既葬，太傅公复泣而谓余曰："吾子之丧，君既铭而掩诸幽矣，余犹惧吾子之名传之弗远也。揭而表诸道，庶其不磨，然非君无与属者。"余固辞，不可。在昔蔡中郎为人作志铭，复为之庙碑者，不一而足。韩退之于王常侍弘中厚也，既志其墓，又为其隧道之碑，情至无已也，况余于容若师弟谊尤笃，是于法为得碑，于古为无戾，乃更撰次其辞，以复于太傅。

　　惟纳兰氏旧著姓，为金三十一姓之一，望载图史，代产英隽。君始祖讳星恳达尔汉，据有叶赫之地二百余年，中国所谓北关者也。数传至高祖考讳养汲弩，曾祖考讳金台什，女弟作嫔太祖高皇帝，实生太宗文皇帝。而叶赫世附中国，当国家之兴，东事方殷，甘与俱烬。太宗悯焉，乃厚植我宗，俾续其世祀，以及其次子讳倪迂韩者，则太傅之父，而君之祖考也。太傅娶觉罗氏，一品夫人，生君于京师，钟灵储祉，既丰且固。君自髫龀，性异恒儿，背讽经史，常若夙习。十七补诸生，贡太学有声。十八登贤书，十九举礼部试。越三年，廷对，敷事析理，谙熟出老宿儒上，结字端劲合古法。诸公嗟叹，天子用嘉，成二甲进士。未几，授以三等侍卫之职，盖欲置诸左右，成就其器而用之。而上所巡幸南北数千里外，登岱幸鲁，君常佩刀鞬随从。虔恭祗栗，每导行在上前，骑前却视，恒不失尺寸，遇事劳苦，必以身先，不避艰险退缩。上心怜之，其前后赍予重叠，视他侍卫特过渥。已进一等侍卫。值万寿节，上亲御笔书唐贾至早朝诗赐之。后月余，令赋诗献，又令译御制松赋，皆称善久之。然君自以蒙恩侍从，无所展效，辄欲得一官自试。会上亦有意，将大用之，人皆为君喜，忽以去年五月晦得寒疾卒。卒之日，人皆哀君，而又以才不竟用死，为君深惜云。

君自少无子弟过，天性孝友。黎明起，趋太傅、夫人所问安否，朝退复然。友爱二幼弟，与之嬉游，同其嗜好，怡怡庭闱间，日以至夜。暇则扫地读书，执友四五人考订经史，谈说古今，吟咏继作，精工乐府，时谓远轶秦柳。所刻饮水、侧帽词，传写遍于村校邮壁，海内文士竞所摹仿，然君不以为意。客来上谒，非其愿交，屏不肯一觌面，尤不喜接软热人。所相知心，款款吐心腑，倒困囊，与为酬酢不厌。或问以世事则不答，间杂以他语，人谓其慎密，不知其襟怀雅旷固如是也。

当君始得疾，上命医数辈来。及卒，上在行宫，闻之震悼。后梭龙诸羌降，命宫使就几筵哭告之，以君前年奉使功故。君有文武才，每从猎，射鸟兽必命中，卒有成功于西方，亦不为无所表见。殁时年仅三十有一，余既序，而又系之以辞曰：

绵绵祚氏，著于上京。巍巍封国，叶赫是营。惟叶赫之祀，施于孙子。既绝复完，天子之恩。笃生相国，补衮是职。蓄久而丰，发为文章。宜其黼黻，为帝衣裳。帝谓汝才，爰置左右。出入陪从，刀鞬笔驱。匪朝伊夕，自天子所。亦文亦武，惟天子是使。生于膏腴，不有厥家。被服儒士，古也吾徒。何才之盛，而德之静。我勒其封，谁曰不永。

通议大夫一等侍卫进士纳兰君神道碑铭 韩菼

维天笃我劢相之臣，神灵和气，萃于厥家。常开哲嗣，趾美前人。自厥初才子罔不世济，若伊之有陟，巫之有贤，媲于功宗，登于策书。后之名公卿子，发闻能益人家国者，亦往往间出。其或年之有永有不永，斯造物者之不齐，虽休光美实，显有令闻，足以自寿无穷。而存亡之系，在于有邦有家，则当吾世而尤痛我纳兰君。

君氏纳兰，讳成德，后改性德，字容若。惟君世远有代序，常据有叶赫之地，明初内附，为君始祖星恳达尔汉。六传至君高祖讳养汲弩，女为高皇后，生太宗文皇帝。曾祖讳金台什，祖讳倪迓韩，父今大学士太傅公也。母觉罗氏，封一品夫人。太傅公勋高望钜，为时柱石，而庭训以义方。君胚胎前光，重休袭嘉，自少小已杰然见头角，喜读书，有堂构志。人皆曰太傅有子。年十八九，联举京兆、礼部试。又三年而当丙辰。廷对劲直切劚，累累数千言，一时惊叹。

今上知君材，欲引以自近，以二甲久次选授三等侍卫，再迁至一等。盖上方厉精思治，大正于群仆侍御之臣，欲罔非正人以旦夕承弼，其惟君吉士以重此选也。君日侍上所，所巡幸无近远必从，从久不懈益谨。上马驰猎，拓弓作霹雳声，无不中。或据鞍占诗，应诏立就。白金、文绮、中衣、佩刀、名马、香扇、上尊、御馔之赐相属也。康熙二十一年秋，奉使觇唆龙羌，道险远，君间行疾抵其界，劳苦万状，卒得其要领还报。后唆龙输款，而君已殁。上时出关，遣宫使拊其几筵，哭而告之，重悯其劳也。君既以敬慎勤密当上意，而上益稔其有文武才。且久更明习，可属任。尝亲书唐贾至早朝诗赐之，又令赋乾清门应制诗，译御制松赋，上皆称善。中外咸谓君将不久于宿卫，行付以政事，以展其中之所欲施，君亦自感厉，思竭所以报者。而不幸遘病，病七日，遂不起。时上日遣中官、侍卫及御医问所苦，命以其状日再三报，亲处方药赐之，未及进而绝。上震悼，遣使赐奠，恩恤有加，屡慰谕太傅公毋过悲，然上弥思之弗置也。呜呼！君其竟死矣，而君之志未一竟也。

君性至孝，未闼明入直，必之太傅、夫人所问安否，归晚亦如之。燠寒之节，寝膳之宜，日候视以为常。而其志尤在于守身不辱，保家亢宗，不仅以承颜色、娱口体为孝也。侍禁闼数年，进止有常度，不失尺寸。盛寒暑必自强，不敢辄乞浣沐。其从行于南海子、西苑、沙河、西山、汤泉尤数，尝西登五台，北抄医巫闾山，出关临乌喇，东南上泰岱，过阙里，度江淮，至姑苏，揽取其山川风物，以自宽广，资博闻，而上有指挥，未尝不在侧，无几微毫发过。性周防，不与外庭一事，而于往古治乱政事、沿革兴坏、民情苦乐、吏治清浊、人才风俗、盛衰消长之际，能指数其所以然，而亦不敢易言之。窥其志，岂无意当世者？惟其惓惓忠爱之忱蕴蓄，其不言之，积以俟异日之见庸，为我有邦于万斯年之计，而家亦与其福也。

君虽履盛处丰，抑然不自多，于世无所芬华，若戚戚于富贵，而以贫贱为可安者。身在高门广厦，常有山泽鱼鸟之思。达官贵人相接如平常，而结分义，输情愫，率单寒羁孤、侘傺困郁、守志不肯悦俗之士，其翕热趋和者，辄谢弗为通。或未一造门而闻声相思，必致之乃已。以故海内风雅知名之士，乐得君为归，藉君以起者甚众。而吴江吴孝廉兆骞，以隽才久戍绝塞，君力赎以还而馆之，殁复为之完其丧，世尤高君义也。读书机速过人，辄能举其要。著诗若干卷，有开天丰格。颇好为词，盖爱作长短句，跌宕流连，以写其所难言。尝辑全唐诗选、词韵正略，而君有集名侧帽、饮水者，皆词也。工书，妙得拔镫法，临摹飞动。晚乃笃意于经史，且欲窥寻性命之学，将尽裒辑宋元以来诸儒说经之书以行世，其志盖日进而未止也。嗟夫！君于地则亲臣，即他日之世臣也。使假之年而充斯志也，以竟其用，譬若登高顺风，不疾声速。与夫疏逖新进之臣，较其难易，夫岂可同日而语？昊天不吊百年之乔木，其坏也忽诸斯。海内之知与不知者，无不摧伤，而余独尤为邦家致惜者也。

君卒于康熙乙丑夏五月，距其生年三十有一。娶卢氏，赠淑人，两广总督、尚书兴祖之女；继官氏，封淑人，某官某之女。子二，长曰福哥，次曰某，女二，俱幼。始君与余同出学士东海先生之门，君之学皆从指授，先生亟叹其才，佳其器识之远，殁而哭之恸，既为文以志其藏，而顾舍人贞观、姜徵君宸英雅善君，复状而表之矣。太傅公以君之常道余不置也，属以文其隧上之碑。余方悼斯世之失君，而非徒哭吾私，其敢以荒落辞，辄论次君志之大者如此，而系之以铭。铭曰：

凤觜麟角绝世稀，渥洼籋云种权奇。

家之令器邦之基，弱年文史贯珠玑。

胸罗星斗翼天垂，拜献昌言白玉墀。

致身端不藉门资，崔弁峨峨吉士宜。

帝简厥良汝予为，周庐陛枑中矩规。

郎曹窃视足不移，手挽繁弱仰月支。

错杂帐帘书与诗，奉使绝徼穷羌氐。

冰雪鞍瘵不宿驰，山川阸塞抵掌知。

辛降其王若鞭笞，帝方用嘉足指麾。

将试以政工允釐，岁星执戟亦暂期。

阿鸿摩天竟长辞，正人元气身不訾。

平生菀结何所思，要扶羲和浴咸池。

明良常见唐虞时，千秋万世此志赍。

埋玉黄泉当语谁，泰山毫芒一见之。

琳琅金薤散为词，我今特书表其微。

荒郊白烟冢离离，独君不朽征君碑。

进士纳兰君哀词　张玉书

　　侍卫成君容若以疾卒于位，时天子将驾銮辂，遵皇衢，历畿辅，避暑于塞外迤北之地。君之尊人相国先生方被命扈从。比君讣上闻，朝廷动色震悼，旋遣近臣致奠于几筵，而特诏相国辍行，所以降旨慰谕甚悉。呜呼哀哉！何天不吊而夺君之速也。

　　君幼秉异姿，丰标卓跞，怀瑜握瑾，被服儒雅。年甫弱冠，即以制举艺策名春官，一时振奇撷藻之士争颂君文，以为贾董醇深、韩欧典则兼而有之。而君色下气温，规言矩步，乍与君接者，不知为荫藉高门，且以鸿文雄跨宇内也。

　　岁丙辰，以对策登上第。天子雅重君才，不欲烦以庶职，特擢宿卫，给事禁中。君禀相国义方之教，衣金貂，曳赐履，入侍殿廷，出骖羽骑，一心匪懈，夙夜在公。天子察君忠勤，倚任惓切，信所谓韦氏之有元成，许国之有廷硕者矣。而君瀑直稍暇，留精问学，缥缃插架，丹黄满家。其入翘材之馆而分文宴之席者，辄有人尽江萧，座皆庾鲍之目。惟君对客抽毫，停觞掷句，即新词小令，亦直追渭南、稼轩之遗。宾从过而咨嗟，词宿为之叹绝，岂非天授逸才，身兼数器，十乘蔚称国宝，而千里美为家驹者乎？夫何偶抱微疴，浃旬增剧，年仅及壮，顿捐馆舍。呜呼痛哉！玉书备官禁林，与君时接履舄。家弟仕可自举京兆，及对大廷，皆附名君后，得称世讲。昨岁冬，君扈跸抵广陵，某适罹先人之戚，星奔南下，揖于河干，问慰而别。距今甫半载，而凶问忽至，恸可知已。礼闻朋友丧则为位而哭，余兄弟既哭君于位矣，死生契阔，无以为怀，谨寓诸不文之词，以写余二人之哀辞。曰：

我闻天道分，履顺遇丰。

植仁树义兮，福萃厥躬。

菀枯贸理兮，清浊暗瞢。

俯仰抑塞兮，欲诉苍穹。

繄惟我君兮，阀阅崇隆。

贵而好修兮，折节磨砻。

世家侨肸兮，执德弥冲。

在帝左右兮，翼卫瑶宫。

六龙时迈兮，靡御弗从。

边城塞草兮，铁驷雕弓。

心膂是寄兮，匪懈益恭。

性耽图史兮，退食自公。

延接才俊兮，扬英飞琼。

槃敦主盟兮，玉应金春。

繄余昆季兮，行合趣同。

踪迹间阔兮，道义交融。

衔恤南返兮，时惟仲冬。

迎銮江浒兮，复觐光容。

还辔几何兮，遽遘鞠凶。

哀音上彻兮，诏出丹枫。

芬苾是荐兮，式酬乃庸。

元臣戚子兮，帝为心恫。

倚庐逖听兮，忧怀忡忡。

追惟畴昔兮，悲思安穷。

燕云江树兮，酹酒遥空。

缄词千里兮，陨涕秋风。

又　杜臻

　　容若君以疾卒于邸第，天子闻而轸悼，赐金以敛。自公卿而下至于僚友，以及韦布单寒之士，莫不嗟伤陨涕。君为长白巨族，今相国太傅公之冢子，贵矣。乃能折节读书，延引素士，为布衣交，相与砥磨千秋之业。诗词清丽，专门所不及。居家孝友，与人处一于诚挚，振起困约，解推靡倦。以故知与不知，咸以得一见君为幸，于其亡也，亦感慕有加云。君以康熙壬子举于乡，癸丑捷南宫，丙辰廷对高第，方且陟清华领著作矣，天子以君勋戚之贤，简任心膂，欲君常在左右，遂复补珥貂贵秩，率环卫侍禁近焉。比年以来，车驾躬诣盛京，展谒陵寝巳，复避暑口北，又南巡齐鲁，登泰山，涉江淮，至于吴会，君皆从。虽都成之奉车、富平之扈跸，不能拟其亲幸。盖君忠爱恳恻结于方寸，后先疏附，恭谨罔懈，故能特荷主知，非独河东三箧暗记靡遗，出入禁闼视瞻端审而已也。忆往岁太傅公正位秉钧，余以菲薄承乏佐铨，亡何遂婴先子之戚，太傅公笃念寮案，锡之奠赙。惟时君实衔太傅之命，以赆临于几筵，披帷奠斝，执礼甚恭。感此隆厚，至今靡忘也。迨余赴补入都，则见君年龄益茂，宸眷益深，以轶群绝伦之才，而日近至尊，亲承辟咡之诲。天子实重爱君，雅欲君习勤劳，练繁剧，然后畀以政事，大用行有日矣。而太傅公亦乐得有君以承弓冶之业，乃不图君竟奄然而长逝也。呜呼！天胡不佑善人，其能无梦梦之叹哉？

余忝旧谊，且惜君以终贾之年，而早赴玉楼之召也。爰作长言以哀之，曰：

> 繄艮方之灵岳兮，峙槩日之穹标。
> 蟠丰镐之丕基兮，复钟萧而毓曹。
> 诞才子之笃诚兮，珥戚里之丰貂。
> 搴杏苑之琼葩兮，自弱冠而登朝。

夫既有此华腼兮，又申之以练要。

佩青萍而被宝璐兮，握荃兰而纫桂椒。

袭渊云之藻采兮，揽屈贾之流飙。

惟含章而不曜兮，斯履盛而无骄。

辟东阁以邀宾兮，效南皮之燕友。

将安吉于缁衣兮，托殷勤于佩玖。

来泌水之高贤兮，致梁园之皓叟。

藉坟索以穷年兮，慕伤生之屈首。

忘朱门之华胄兮，期立德于不朽。

惟大钧之爱物兮，神裁成于氾护。

试申屠于都尉兮，习兰成于典午。

荫格泽之虹旃兮，蹑钩陈之象辂。

御二龙于璇台兮，追八骏于悬圃。

蒙曦景之垂晖兮，邀九天之咳唾。

沐卷阿之休风兮，裛蓼萧之湛露。

禀渊猷于密勿兮，庶盐梅之接武。

陋汉室之韦平兮，乃遂为丁公与禽父。

夫何昊天之不吊兮，悴玉树以秋霜。

痛西日之难回兮，悼修夜之不阳。

闻鸣驴于荒草兮，跱孤鸱于白杨。

著犀尘而凭棺兮，摧瑶琴而下堂。

嗟灵魂之永逝兮，般裔裔其徜徉。

贯列缺而乘罔象兮，排浮云而轶猗狂。

惟平生之素好兮，空踯躅而增伤。

虽惋叹其何及兮，泪流裾之浪浪。

又　严绳孙

　　吾友成子容若以疾卒于京邸，时余方奉假南归，病暑淹于途次，不获一遂寝门之哭，且中情惝恍，未忍信其遽然。及还里门，有仆归自京师，骤诘其语，乃知吾友之亡信矣。

　　呜呼哀哉！始余以文字交于容若，时容若方举礼部，为应时之文。丙辰以后，旁览百氏，习歌诗乐府。既官于朝，不能时时读书，然尝所涉览，辄契古作者之意。于前人书法，皆得之形体结撰之外，故不类俗学。比喜小词，每好为之。当其合作，宋诸名家不能过也。或感触风景，扈从山川，时复有作。及以相质，欣赏其长，而剔抉其所短，莫不厘然各当于心焉。初容若年甚少，于世无所措意，既而论文之暇，闲语天下事，无所隐讳。比岁以来，究物情之变态，辄卓然有所见于其中。或经时之别，一再接其绪论，未尝使人不爽然而自失也。盖其警敏如此，使更假以年，吾安知其所极哉。夫容若为吾师相国子，师方朝夕纶扉，以身系天下之望。容若起科目，寻擢侍殿陛，益密迩天子左右，人以为贵近臣无如容若者。夫以警敏如彼，而贵近若此，此其夙夜寅畏，视凡人臣之情，必有百倍而不敢即安者，人不得而知也。岁四月，余以将归，入辞容若，时坐无余人，相与叙生平之聚散，究人事之终始，语有所及，怆然伤怀。久之别去，又送我于路，亦终无所复语。然观其意，若有所甚不释者，颇怪前此之别未尝有是。余因自惟衰飒之年，恐一旦溘先朝露，以负我良友。又念余即未遽北返，容若且从属车南幸，当相见于九峰二泉之间。是时冀衰飒者，尚无恙也。呜呼！岂谓容若之强且少，而先我长逝哉？向使知其如此，少迟吾行，犹得凭棺一恸。虽复老疾交迫，当不以故土之恋易此须臾矣。唐李德裕以宰相子继登台辅，深习典故，用能勋业烂焉，光于史册。容若夙奉庭训，顷且益被主知。兹其殁也，天子所以哀而恤之者，皆出于异数，足知上之任用之意未有量。乃竟不得一展其才，而徒以乐府小道，自托于金荃兰畹之遗，使后世缀文之士抚卷而三叹也。呜呼，岂非家国之均痛哉。爰为文以哀之，辞曰：

仰崇山之郁崒兮，薄青云以上浮。

羌置身于其巅兮，情坎壈以怀忧。

蹑高步于昭昭兮，秉小心之翼翼。

入余登于螭头兮，出望鸡翘以云集。

谓华腴其足乐兮，夫焉察君之中情。

竭悃款以展采兮，用无忝于所生。

抗侧帽之高唱兮，聊以导夫郁积。

假玩物以永日兮，其肯以吾心而为役？

灿金题与玉躞兮，错钟彝之虫篆。

曾何金石之可保兮，刉云烟之过眼。

君既洞烛乎人世兮，又何怀乎故宇。

眷亲闱之罔极兮，亮百生而莫补。

在瞿昙之往说兮，或有托以去来。

岂诚前因之不可昧兮，歛遗迹乎

尘埃。

嗟余生之濩落兮，蹇纤郁其谁语。

托末契于忘年兮，率中怀以相许。

历一纪以及兹兮，山川犹其间之。

保离会于百年兮，忽中道而长辞。

余不乐乎秋风兮，吹归心以南堕。

纷饮泣以狐疑兮，冀道闻之未果。

胡昊天之不吊兮，人琴忽其俱捐。

从此望玉河之门馆兮，首燕路而不前。

泣白雪于遗编兮，袭银钩于故牍。

苟斯人其可作兮，何百身之莫赎。

梦余登于君之堂兮，易缥缃以穗帷。

飘风槭其入户兮，落叶依于重闺。

惟西河之永痛兮，欲寄慰其何言。

戒素车其犹未达兮，心怅结而烦冤。

浮生悯其伤逝兮，顾崦嵫之已迫。

指九壤以为期兮，庶永托乎晨夕。

又　徐倬

　　盖闻牙期叶听，故辍响于朱弦；庄惠同心，因罢谈于清濮。闻山阳之短笛，自尔销魂；过黄公之旧垆，能无流涕？况夫英年飞鹏，才子修文，人之云亡，情何能已。同年容若先生，望推尹邴，世系韦平。手弄金环，天生凤慧；庭罗宝树，品越恒流。揖客而早对杨梅，把酒而立成鹦鹉。读书则五行俱下，挥毫则万斛惊飞。先超紫燕之群，真无空阔；继啖红绫之饼，独擅风流。因豹尾之须才，特留禁臠；为虎贲之得士，竟令花砖。身惹御香，在杨柳春旗之内；时承天语，当落英芝盖之前。才挽雕弓，吟猿落雁；便提湘管，垂露悬针。洞野钧天，尽助雄文之丽；甘泉卤簿，胥收掌故之中。而且陆贾赐佗，相如谕蜀，驰驱不惮乎万里，要荒特重其片言。此殆吉甫再来，文武有兼收之用；曹公复出，书猎有叠举之能者也。若夫高怀天授，逸韵生成，产金张许史之家，偏亲韦布；擅卢骆王杨之制，还喜香奁。绝妙好辞，双鬟按拍；流传乐府，孺子知名。辋水营丘，看烟云之过眼；明窗棐几，存丘壑于此中。云情半寄酒边，霞想直驰天外。至于缠绵友谊，悱恻朋情，入座尽是王裴，清言无非支许。红荷香里，常留砚北之人；渌水亭间，竟作道南之宅。张琪死日，妻子惟托朱晖；刘尹端居，风月专思元度。是又伐木陈诗以后，谷风兴刺以来，未有方兹古道俪厥久要者矣。奈何桂蠹兰萎，人亡琴在，露未零而陨叶，壶方漏而闻钟。玉树一枝，长埋黄土；龙文三尺，竟跃沧波。续断无弱水之胶，回生乏祖洲之草。九重且兴不憖之叹，中郎行书有道之碑，岂止师友朋徒寝门聚哭已哉。倬热不随人，傲常弃世。贫虽见怜于鲍叔，懒斯自绝于山涛。刺在袖而莫投，足望门而屡却。词惭兰畹，聊寄相思；约在竹林，将期款曲。感恩之义，未报于生前；知己之言，忽传于身后。用抒情愫，敬述哀辞：

望崆峒之戴斗兮，惊芒角之炱煤。

仰文昌之黯澹兮，失云汉之昭回。

命天孙使持节兮，敕鸩鸟为行媒。

召才人于金阙兮，摅菁藻于瑶台。

玉楼岧其竦峙兮，阊阖訣而荡开。

霓旌纷以往来兮，苍虬肃驾于兰陔。

遂御风以上征兮，已越身于尘埃。

云容容而在下兮，山隐隐而驱雷。

疑天帝之好奇兮，欲与圣主而争才。

舍阆苑之松乔兮，攫金马之邹枚。

落灵芝于初旭兮，枯芳兰于始荄。

收麒麟于房驷兮，留朽骨于燕台。

瞻银潢之奕奕兮，乘箕尾而徘徊。

惟龙文在终古兮，时照耀于帝魁。

庶真爽之不昧兮，永鉴格于岑苔。

又　翁叔元

康熙二十四年五月晦己丑，我容若年世兄先生捐馆舍，叔元往哭于其第。既殡，往哭于其位次。越三日，再往，阍人辞焉。又十日，偕同馆之士五人旅拜于几筵，哭如初。又八日，以天子命，出殡于郊外，又往送之郊。呜呼！容若其自是长与余别矣。余与君定交，自壬子同举京兆始也。方是时，君未弱冠，遵庭训闭户读诵，不妄交人，故同举之士百二十有六人，相与契合者数人而已。明年成进士，余落第。君时过从，执手相慰藉，欲延余共晨夕。

余时应蔡氏之聘，不果就。是岁冬，谓余曰："子久客，不一归省坟墓，知子以贫故艰于行，吾为子治行。"于是余作客十五年，至是始得归拜先人丘垄，傸数椽居妻子，君之赐也。迨余丙辰幸登第，留都门，往来逾密。君益肆力于诗歌古文辞，时出以相示，邀余和，余愧不能也。亡何，君入为侍卫，旦夕丞弼，出入起居，多在上侧，以是相见稀少。然时时读君诗及所与友朋往还笔墨，知君兴益豪，风流俊迈，追古作者，非复往时之所造矣。退朝之暇，婆娑古人法书名画，焚香评赏，翛然自得。真草书与晋唐人相上下，淋漓泼墨，极飞动之致，视富贵名誉泊如也。属四海荡定，兵戈偃息，圣天子勤学好古，早朝晏罢，我师相国赞理密勿，谟谋庙堂，泽润生民，功在竹帛。君荫藉高华，海内有承平王孙之目，而其所处，乃如幽人名士，其高致雅量不可及如此。

呜呼！如君者而何以死也，岂天地菁华之气发越既至，而随以尽耶，抑欲脱去尘网，而与造物者游耶？不然，则志有所未尽展，才有所不得施，乃遗恨而入地邪？呜呼！容若何以死也？余无文，不能状君之生平以传于后。于輀车之出也，姑为相挽之词以饯之。其词曰：

地纮顿兮天网张，虞门辟兮红云光。

策紫骝兮宴曲江，有才子兮美清扬。

抉云汉兮扶天章，给笔札兮侍帝旁。

从羽猎兮赋长杨，捧日毂兮指扶桑。

视寝膳兮中书堂，比苏颋兮在有唐。

善书法兮继钟王，罗锦绣兮为心肠。

探二酉兮贮书仓，奴风骚兮仆齐梁。

三峡流兮词源长，染柔翰兮飞羽觞。

骨香艳兮格老苍，彼辛苏兮面目伧。

敦气谊兮重伦常，附谱牒兮共门墙。

念师恩兮意徬徨，灯夜露兮马早霜。

茹荼蓼兮形神伤，夺劳臣兮修文郎。

排云雾兮叫帝阍，亘斗极兮吐角芒。

目耿耿兮泪承眶，惟在三兮死不忘。

如斯人兮今则亡，仰视天兮徒茫茫。

焚兰蕙兮铩凤皇，修胡彭兮短胡殇。

呜呼哀哉兮帝命孔彰，辍朝震悼兮黄鸟三良。

老亲肠断兮血染绣裳，麻衣如雪兮幼子扶床。

英灵被发兮下大荒，丹旐飞飞兮返北邙。

白杨萧萧兮松风悲凉，陈芜词兮奠椒浆。

身骑箕尾兮八表翱翔，默佑皇图兮姬历永昌。

又　吴兆宜

　　呜呼哀哉！茫茫苍昊，八舍陨贤人之星；浩浩皇舆，千牛摧智氏之石。台倾稷下，寒士之广厦无依；弦绝匣中，素交之知音奚托？楚老致芳兰之泣，哲人滋坏木之悲。呜呼哀哉！公之殁也，较之荀令则之拥旄，已三周星次；比潘安仁之斑鬓，尚一欠瓜期。而桐君之药录靡征，孤城之相术罔验。尔其穷泉斯闭，有去无归；长夜云遥，终古莫晓。睹生存之华屋，悲零落于山丘。嵇叔夜之闲庭，袁杨徒在；王子猷之旧径，种竹空存。东门旷达之怀，竟抱招魂之痛；西汉翘材之所，翻为思子之宫。呜呼哀哉！

　　宜兄兆骞，少与梁汾友善，公耽志友朋，娱情竹素，以梁汾言，怜骞才而拯之。王孙甲第，穷鸟入怀；公子华池，涸鱼出水。于是徒中安国，死灰复然；绝域班超，皓首生入。廿年沙漠，雪窖而冰天；三载宾筵，锦衣而鼎食。侵晨弄墨，笔彩潜飞；半夜弹棋，灯花碎落。解骖赎石父之罪，而岂徒哉；设醴尊穆生之贤，良有以也。呜呼！生平素昧，激发初由一言；意气相孚，风期永堪千古。父生而母鞠，惟公得成之焉；马角而乌头，非公孰急之焉。既而苏韶入梦，温序思归。牖北只鸡，怅回车之三步；日南送雁，载燋麦之一舟。夫皆我公之赐也欤。

呜呼！其好义也如彼，其深仁也如此，固宜五福备至，三寿作朋也。而乃宿草未生，撤琴斯及。床惊斗蚁，灾降乃肱乃股之臣；室进巢鸒，祸钟允文允武之佐。呜呼哀哉！

公出入侍从，则羽猎陪游；师旅勋劳，则兰池奏对。闺门肃穆，表万石之淳风；著作禼皇，垂千秋之鸿业。是以绩列太常之纪，名传史馆之文。七日歌虞，文士上中郎铭勒之制；百年诔行，公卿进兰成碑版之词。兆宜则何敢知焉。不才如宜，复蒙公置之宾馆。华山五千，终缺公

恩之重；溟池九万，莫逾公泽之深。敬述
哀辞，聊当痛哭云尔：

蔚矣成公，人伦之宗。

摛华帝室，博济人穷。

词藻翩翩，并驱牧马。

雅尚孤标，阮嵇上下。

兄骞塞表，二十三年。

胥靡蒙脱，尽室南旋。

管宁归魏，郭隗在燕。

匪朝伊夕，谈论经史。

花间草堂，击钵倾水。

岁月不居，忽焉三祀。

骞死公哭，云遇梁溪。

金缕一章，声与泣随。

我誓返子，实由此词。

相去半载，公遽长逝。

玉树言埋，人琴交瘁。

呜呼我公，而竟死耶？

天高地厚，公恩莫加。

山颓木坏，我痛无涯。

侍医视疾，大官致吊。

眇焉燕雀，胡然啁噍。

追念哲人，饮恨吞声。

如真可赎，人百其身。

诔词 董讷

呜呼！自古名才秉英杰之姿，擅文章之誉，有盛名于时者，每为造物所忌，故干将多缺折，而山栎享修龄。茫茫天道，不可问也。居恒读书，废卷浩叹，亦以兹为遗恨焉。侍卫容若公，为吾师相夫子冢嗣。二十年前，余在编翰，受知夫子。夫子以余为迂疏，不惟不过督，且从而礼貌之，敦吐握之风，宽简澹之士。时公方成童舞象，固已嵚崎不群，相与纵谈汉魏，不以东海之士为孤僻而略之也。数载之间，沉酣六艺，囊括百家，汲古博综，下帷不辍。兼之一目数行，聪敏绝世，凡诸天文象纬、舆地山川、宝笈琅函、虫鱼草木，靡不穷搜广采，考核精详。遂以子丑联镳为名进士。余方与同馆诸公抃手庆快，为玉堂得人贺。已而天子以侍卫禁严之地，需才品卓荦之员，特简吾公秩居首列，盖谓扈从跸警，疏附后先，非此莫胜其任也。而公亦克殚棐忱，格鬼神而矢天日，每銮辂攸向，无不在帝左右，迄今将十余载矣。

凌晨则佩剑趋跄，逮夕则焚膏披咏，曾无倦色。而临池泼墨，对客挥毫，顷刻数纸，字追米、蔡，词抗苏、黄，诗则拾遗、王、孟之间，罔不各臻其妙。著作弘多，鸡林争售，匪独海内时髦，脍炙齿颊而已。呜呼，惜哉！忆余往昔立雪程门，宫墙数仞，夫子以经纬之才首陟兵枢，再登冢宰。既而四宇肃清，百僚矜式，金瓯协吉，仰赞一人，调燮阴阳，赓飏典诰。虽心力俱瘁，而天下称诚和焉。至于鲤庭禀训，诗礼承家，诲之以谦冲，励之以勤敏，公亦孝友惟谨，率履罔愆。且更罗致才俊之儒，与之濯磨讨究，皆啧啧推公，以为英迈绝伦，不可及也。呜呼，惜哉！

今岁夏杪，奄以小疾，遽挟飞仙，入芙蓉之城，赋玉楼之句。闻讣惊恸，莫知所云。天道茫茫，诚不可问矣。将陈絮酒，申厥楚些，而夫子峻拒。敬述谫陋之词，写之卷轴；莫罄招魂之泪，灵其鉴旃。爰附之诔而哭之曰：

呜呼！公今舍余，遽云逝矣。哲人其萎，梁木其坏矣。当兹之世，不复觏斯人矣。犹忆曩岁，交公之始。器宇嶙峋，胸罗经史。伟构如椽，眼光透纸。文逼先秦，墨花散绮。磊落雄奇，推倒一世。折节读书，虚怀下士。尊卣鼎彝，青帘乌几。入雅出风，得其遗旨。耻蹈齐梁，直追正始。公之为学，务求其实。极深研几，芸缃秘帙。拔萃之姿，挽天之笔。踌躇满志，淋漓而出。丰沛诸贤，罕见其四。帝顷北巡，卜期朔日。交龙和鸾，方推扈跸。何期曦驭，蒙汜奄即。遽作修文，永辞金阙。举朝公卿，佥为呜咽。帝亦俯悼，叹惋不辍。维余夫子，元嗣云亡。西河抱痛，凄焉以怆。泉台寂寂，漆灯未荒。余也与公，交情最久。世讲之谊，如足如手。惊闻皋呼，擗膺疾首。慰我夫子，语难以口。云輤载驾，泪滴絮酒。在天之灵，其亦知否？

祭　文　严绳孙　秦松龄

嗟乎我兄，高阀钟英，神皋毓秀。风格鸿骞，才华虎绣。早擢巍科，在帝左右。主眷正渥，士论方崇。共期柄用，接迹元功。何为遘疾，遽及于凶。呜呼伤哉！

兄之文学，江河屈注。对策万言，不袭常故。玉溪玮词，金荃丽句。寄托所之，前贤却步。兄之力学，强诵博闻。网罗故实，穿穴典坟。巾箱细字，玉轴高文。随身砚匣，到处香芸。兄之书法，神姿秀整。文敏法华，隐居内景。心慕手追，别出锋颖。兄于朋友，非世间情。人或谓狂，兄爱其真。人或谓冷，兄赏其清。兄处贵盛，门庭简饬。辨色趋朝，日暮下直。一二故人，明灯散帙。征逐者流，见而走匿。嗟余两人，先后缔交。绳孙客燕，辱兄相招。下榻高斋，情同漆胶。迨今十年，不忘久要。松龄客楚，惠问良厚。谓严君言，子才可取。虽未识面，与子为友。无何相见，遂同故旧。去年冬暮，今岁春残。绳也奉假，龄则去官。握手言别，此别最难。后会何期，当筵鲜欢。别来无几，思我实深。两奉兄书，见兄素心。尺书在怀，重比南金。含情未答，闻兄讣音。初得凶问，谓传者妄。讵此哲人，忽至沦丧。

亲故贻书，知兄病状。云无所苦，笑谈属纩。兄来有因，兄去有向。莲花西土，玉楼天上。嗟余两人，徒怀旧恩。山堂为位，聊赋召魂。木叶夜落，空庭昼昏。追数平昔，忆兄绪言。十忘八九，取意所存。兄善倚声，世称绝唱。周柳香柔，辛苏激亢。每言诗词，同古所尚。古诗长短，即词之创。南唐北宋，波澜特壮。亦犹诗律，至唐而畅。屈为诗余，斯论未当。昨年扈从，兄到吴门。归与吾言，里俗何喧。前人所夸，举不足论。吾意有适，扁舟水村。又到君里，山中汲泉。落瓀冰洁，下咽玑圆。地脉灵秀，应生高贤。若云林生，庶几似焉。

嗟乎吾兄，意趣莫俦。文章山水，乃志所留。今我哭兄，烟水孤舟。兄灵不亡，当与我游。二泉清冷，不改其流。痛兄不饮，长卧荒丘。侧帽饮水，兄集我收。歌兄新词，兄尚知不？呜呼哀哉！人孰无死，兄年太少。以才以德，俱宜寿考。兄少尚亡，况余辈老。及其未死，莫负良友。传兄文章，图兄不朽。寝门未哭，执绋谁某？重趼不能，一介何有。悲恸陈词，歆此絮酒。

又　徐乾学

　　呜呼！造物之桢，扶舆之灵。胚胎前光，间气笃生。孰夭其年，不究其用。宣圣有言，夫人为恸。呜呼容若，思皇亦世。洼水丹山，难方所自。孝友之性，允也天至。才舞象勺，已通六艺。往年锁院，吾徒相继。秋赋献书，春卿擢桂。佥谓之子，宜郄诜第。事有不然，殆难意计。金张珥貂，简在惟帝。

　　呜呼容若，出入承恩。帷幄骖骓，左右至尊。远猷秘议，外庭罕闻。以其余闲，工为诗文。凡诸翰墨，靡不究论。师资之义，契话殷勤。古风云邈，子也实敦。子之求友，纻缟弗谖。于子乎馆，如归永叹。崔骃将老，生入玉门。丧纪孤稚，还复恤存。呜呼此道，于今难言。海内相期，韦平重代。帝心所属，公望斯在。子之不禄，吁咄可怪。七日不汗，悠悠茫昧。此日几筵，前日嘉会。百年之身，罔不敝坏。宜贞而脆，问天莫对。适然者命，已知犹慨。

呜呼容若，顿隔重泉。遗言靡私，益钦子贤。圣情震悼，中使来宣。子之严亲，痛毒涕涟。朋游惘惘，回肠内煎。虽未识子，如久周旋。子之诗文，清新鲜妍。花间草堂，尤多可传。都为一集，使就雕镌。吾徒之责，子无憾焉。尊酒平生，纻帐何悬。一歌哀些，泪洒终篇。尚飨。

又　韩菼

　　呜呼！玉美易埋，兰生早凋。香熏辄烬，膏明忽销。洵美惟君，韵绝神超。濯濯尘壒，亭亭孤标。掉首阶缘，凌云独豪。千秋亦足，奈何一朝。瑶琴弦断，雅曲寂寥。仿佛平生，魂兮可招。自君之生，相君有子。长白松花，祥灵所启。慧过童乌，清逾叔宝。门是乌衣，业唯青史。联翩中隽，一鸣千里。彤墀大对，直言亹亹。如谊如贾，古人所跂。一时汗颜，屈于及第。方倚鹦鹋，而冠骏𫘤。文通武达，雅志差池。拓弓霹雳，带剑荣螭。宿庐余暇，肆为歌诗。兰畹金荃，妙绝一时。美人缱绻，香草绮旎。昨蒙召试，彩笔惊飞。墨落犹湿，溘焉长辞。呜呼痛哉！人恶俊异，世疵文雅。造物好恶，得无同者。叹君孤诣，于世少可。谁其知之，调高谐寡。羽林十二，尺五魁三。闲时逸兴，剩水残山。鳞趾袅蹄，翡翠琅玕。偏其探讨，孔鼎汤盘。流水游龙，过从朝夕。独共风雨，骚人羁客。胁肩语耳，翕热趋走。独出肺肝，端士益友。以兹济美，足媲伊亚。悄悄心劳，皇告仆夫。仁日丝纶，同称苏许。往往篇章，抑塞无语。人间敝屣，修促何求。君亲罔极，中道曷酬。知含而视，恨不少留。无穷忠爱，零落山丘。菱荾同师，东海之门。古有四友，攸兼于君。后先御侮，风义具存。菱最拙愚，亦蒙齿论。恸哭何及，收拾遗文。琳琅千万，摄取六丁。鸣呼！一时作者，他年外孙。芙蓉城主，楞伽山人。尚飨。

又　朱彝尊

　　呜呼！曩岁癸丑，我客潞河。君年最少，登进士科。伐木求友，心期切磋。投我素书，懿好实多。改岁月正，积雪初霁。纫履布衣，访君于第。君时欢剧，款以酒剂。命我题扇，炙砚而睇。是时多暇，暇辄填词。我按乐章，缀以歌诗。剪绡补衲，他人则嗤。君为绝倒，百过诵之。迨我通籍，簪笔朵殿。君侍羽林，鲛函雉扇。或从豫游，或陪曲宴。虽则同朝，无几相见。我官既谪，我性转迁。老雪添鬓，新霜在须。君见而愕，谓我太臞。执手相劬，易忧以愉。言不在多，感心倾耳。自我交君，今逾一纪。领契披襟，敷文析理。若苔在岑，若兰在沚。君于儒术，繁学博通。文咏书法，靡有不工。康里巙巙，字术鲁钝。泬萨都剌，未知孰雄。君之勇略，侍帝左右。骑则蔺云，射必碎柳。出师绝漠，不惮虎口。乃眷帝心，倚毗良厚。当其奋武，不知善文。及为文词，不知能军。允矣君子，才实逸群。随陆绛灌，异于前闻。和气婉容，承颜以孝。友于兄弟，古昔是效。谦谦者守，温温者貌。逆之勿恚，顺之无傲。花间草堂，渌水之亭。有文有史，有图有经。炎炎者进，或键而扃。缝掖之来，君眼则青。浮醪于觚，盛仓以笔。夜合惺松，花散签帙。连吟比调，曾未旬日。诗朋尚在，忽焉辍瑟。彝尊月朔，谓君尚生。问疾而至，入巷心怦。复者在屋，升自东荣。魂招不来，踯躅屏营。寝门既哭，容车将骋。大泉一枚，蠟烛一挺。侑以荒词，泣下如缏。灵兮有知，痛无不省。尚飨。

又　　翁叔元　曹禾　乔莱　胡士著　蔡升元

呜呼！琢火之喻，曩哲之所感怀；逝川之伤，前人于焉永叹。又况处为家宝，出作国桢，誉望斯归，朝野共仰者乎？先生履孝资忠，怀文抱质。早年座上，倚琼林之一枝；弱岁毫端，吐琅玕之六寸。三条桦烛，彪炳国华；五韵金茎，咨嗟时匠。领南宫之风月，搜东观之图书。会简庸亲，入侍帷幄；遂阶才地，直上云霄。适当半千之期，正预一双之选。攀龙鳞而排阊阖，横豹尾而护星辰。柳侍书之春衣，多吟苑里；冯东阳之瑞锦，半赐禁中。寄股肱耳目之司，负文采风流之望。盖自覆量尺寸，精讨锱铢。溯学海之源流，践词场之奥突。裴称武库，纵横于五兵；李号书楼，网罗于百氏。而又性成好士，生本怜才，值国家无事之时，正海宇承平之日。邺中上客，争游宴于南皮；江

纳兰性德全集

左人文，尽流连于西邸。鸾回鹊顾，惊犀管之遥分；雾结烟霏，看蛮笺之竞擘。每当早莺初雁，残月晓风，一闻白雪之音，抗乎青云之上。至于行成模楷，身为羽仪，绵邈清标，每符乎简册；中和至性，不假于弦韦。余事逮夫多能，一时传为博物。校雠金石，褚河南之辨古书；刻画丹青，王右丞之根夙世。美难称述，词绝名言。职继丝纶，方待韦平之拜；事留台阁，仍看燕许之封。何期君子之惟宜，翻讶哲人之不禄。崔岐叔之好学，空有五千；刘真长之无年，才逾三十。数至于此，伤如之何。驻白马而风哀，望素旗而雨泣。尊前共坐，谁复类于中郎；地下论交，必追思于武子。肃将薄奠，唯冀来歆。

又

王鸿绪　翁叔元　徐倬　韩菼　李国亮　蒋兴苣　高珩

　　呜呼！吾侪同年几人，盖十二三年来
离合聚散，亦间会哭于寝门，不图今日而
来会哭君。呜呼！三十拥旄，立年公辅，
君之人地，宜其尔也。吾不知星岳之降精
英于斯人者何意，竟乃玉折而芝焚。元恺
则辛阳才子，忠孝则金张奕世。君为相国
之冢嗣，名王之贵胄，乃与吾侪着麻衣，
将脂炬，入锁院，以自致于青云。穷经论
史，研京炼都，旁及于书法绘事，皆臻其
绝。而殆庶之哲，见微藏密，深衷远识，
无所不到，而尤笃于君亲。人第见其爱贤
好士，致海内之笔精墨妙，对床风雨，竟
夕忘疲，而不知夫相于之雅，相别数稔，
相隔数千里，而不替其相存。人第见夫延
陵之入关，高邮之去国，交期生死，可以

愧谷风之所刺，而不知夫虚怀契托，早已闻其声而交以神。而吾侪之所尤叹仰者，敦在三之节，备四友之谊。盖后先御侮于吾师之门，因推以及于吾侪也，不以其迹之数与疏而为故与新。呜呼！君之信于朋友如是也，天下后世亦可即是而知其为子与臣。然则君之存殁所系者，其重矣，而岂止于一身。君之疾既亟，有问疾者，语不及他，赋诗言志，惟匡济之殷殷。君之自许者固已感会于至尊。向者将老其才以大用也，而岂意夫昔人之言而不可信者："仁者寿""恭则寿"之云。惟君入侍帷幄，出参扈从，从容秘议云霄之上，苍生有阴受其福而不知者，又宜其余祉之未有艾也。而与善之理，难问之于上帝之九阍。至尊以君之病，使院医数辈守视，令日以其病之增减报。既而为处方药赐之，而君已不能下咽矣。闻讣震悼，中使携潼酪致奠，恩数优渥。相国以中年哭壮子，不胜惨恻，见者为之流涕潺湲。而海内风雅之士，尤咨嗟悒丧，痛珠盘玉敦之失主盟。呜呼！吾侪同年之情所可得尽者，惟有生刍之束，哀些之陈。而言之无次，不足以当君之一顾，殊有负于安仁之作诔，宋玉之招魂。尚飨。

又　姜宸英

　　呜呼！国之璠玙，家之骐骥。曷不少延，而厄其至。自兄之死，无知不知。而骤闻之，鲜不涕洟。况我于兄，其能不悲。我始见兄，岁在癸丑。时才弱冠，叩无不有。马赋董策，弹丸脱手。拔帜南宫，掩芒北斗。兄一见我，怪我落落。转亦以此，赏我标格。人事多乖，分袂南还。旋复合并，于午未间。我蹶而穷，百忧萃止。是时归兄，馆我萧寺。人之犴犴，笑侮多方。兄不谓然，待我弥庄。俯循弱植，恃兄而强。继余忧归，涕泣弥弥。所以腆赗，怜余不子。非直兄然，太傅则尔。趋庭之言，今犹在耳。何图白首，复遄斯行。削牍怀铅，著作之庭。梵筵栖止，其室不远。纵谈晨夕，枕席书卷。余来京师，刺字漫灭。举头触讳，动足遭跌。见辄怡然，忘其颠蹶。数兄知我，其端非一。我常箕踞，对客欠伸。兄不余傲，知我任真。我时嫚骂，无问高爵。兄不余狂，知余疾恶。激昂论事，眼瞪舌挢。兄为抵掌，助之叫号。有时对酒，雪涕悲歌。谓余失志，孤愤则那。彼何人斯，实应且憎。余色拒之，兄门固扃。充兄之志，期于古人。非貌其形，直肖其神。在贵不骄，处富能贫。宜其胸中，无所厌欣。忽然而夭，岂亦有云。病之畴昔，信促余往。商略文选，感怀凄怆。梁吴与顾，三子实来。夜合之诗，分咏同裁。诗墨未干，花犹烂开。七日之间，玉折兰摧。呜呼已矣，宛其死矣。我将安适，行倚徙矣。世无兄者，谁则容我。为去为留，无一而可。兄今不幸，所欠者年。其不亡者，乐府百篇。诗词蕴藉，书体精研。吾党诠次，以待厥镌。生而克才，为天子使。殁而名垂，以百世俟。茫茫大造，几人如此。魂之有知，永以无伤。嗟二三子，是亦难忘。

又　　顾贞观

　　呜呼！吾哥其敬我也，不啻如兄。其爱我也，不啻如弟。而今舍我去耶？吾哥此去，长往何日，重逢何处？不招我一别，订我一晤耶？且擗且号，且疑且愕。日晻晻而遽沉，天苍苍而忽暮，肠惨惨而欲裂，目昏昏而如瞀。其去耶，其未去耶？去不去尚在梦中，而吾两人俱未窹耶？吾哥去而堂上之两亲何以为怀，膝前之弱子何以为怙？辇下之亲知僚友何以相资益，海内之文人才子或幸而遇、或不遇而失路无门者，又何以得相援而相煦也？欲状吾哥之生平，既声泪俱发而不忍为追惟；欲述吾两人之交情，更声泪俱竭而莫能为觏缕。盖屈指丙辰以迄今兹，十年之中，聚而散，散而复聚，无一日不相忆，无一事不相体，无一念不相注。第举其大者言之。吾母太孺人之丧，三千里奔讣，而吾哥助之以麦舟。吾友吴兆骞之厄，二十年求救，而吾哥返之于戍所。

每戆言之数进，在总角之交，尚且触忌于转喉，而吾哥必曲为容纳；洎谗口之见攻，虽毛里之戚，未免致疑于投杼，而吾哥必阴为调护。此其知我之独深，亦为我之最苦。岂兄弟之不如友生，至今日而竟非虚语。又若尔汝形忘，晨夕心数，语惟文史，不及世务。或子衾而我覆，或我觞而子举。君赏余弹指之词，我服君饮水之句。歌与哭总不能自言，而旁观者更莫解其何故。又若风期激发，慷慨披露，重以久要，申其积素。吾哥既引我为一人，我亦望吾哥以千古。他日执令嗣之手而谓余曰："此长兄之犹子。"复执余之手而谓令嗣曰："此孺子之伯父也。"呜呼！此意敢以冥冥而相负耶？总之吾哥胸中浩浩落落，其于世味也甚澹，直视勋名如糟粕，势利如尘埃。其于道谊也甚真，特以风雅为性命，朋友为肺腑。人见其掇科名，擅文誉，少长华阀，出入禁御，无俟从容政事之堂，翱翔著作之署，固已气振夫寒儒，抑且身膺夫异数矣。而安知吾哥所欲试之才，百不一展；所欲建之业，百不一副；所欲遂之愿，百不一酬；所欲言之情，百不一吐？实造物之有靳乎斯人，而并无由毕达之于君父者也。犹忆吾哥见赠之词有曰："一日心期千劫在，后身缘、恐结他生里。"又曰："惟愿把来生祝取，慧业同生一处。"呜呼！又岂偶然之言，而他人所得预者耶？吾哥示疾前一日，集南北之名流，咏中庭之双树，余诗最后出，读之铿然，喜见眉宇，若惟恐不肖观之落人后者。已矣，伯牙之琴，盖自是终身不复鼓矣。何身可赎，何天可吁？音容俨然，泣涕如澍。再世天亲，誓言心许。魂兮归来，鉴此惊愫。

又　　梁佩兰

　　呜呼！我离京师，距今四年。此来见公，欢倍于前。留我朱邸，以风以雅。更筑闲馆，渌水之下。仲夏五月，朱荷绕门。西山飞来，青翠满轩。我念室家，南北万里。不能即归，暂焉依止。公为相慰，至于再三。谓我明春，同出江南。公昨乞假，恩许休沐。静披图史，闲聆丝竹。顷复入侍，上临乾清。谕以奏赋，振笔立成。上嘉曰才，惟尔进士。金钟大镛，庙堂之器。四方名士，鳞集一时。埙篪迭唱，公为总持。良宵皓月，更赋夜合。或陈素纸，或倚木榻。陶觞抒咏，其乐洋洋。讵传公来，颠倒在床。始犹狐疑，少焉而信。已而奄然，天不可问。

　　呜呼！公生相门，官列貂珰。当世通显，谁与比量。才合文武，实天赋畀。不尽其用，亦因时尔。万仞壁立，以置其

200

身。大块囊括，不遗一尘。其志广渊，其气磅礴。自树丰骨，有廉有锷。与人相接，琅然玉琴。洎乎论交，断然坚金。不尚贵游，而好蓬荜。微言彻心，长啸抚膝。英爽俊健，朋辈无前。霜落之林，苍鹰摩天。黄金如土，惟义是赴。见才必怜，见贤必慕。生平至性，结于君亲。举以待人，无事不真。所为诗词，绪幽以远。落叶哀蝉，动人凄怨。

呜呼！四时之气，秋为最悲。公本春人，而多秋思。大化冥冥，默运终始。公之不长，谅或此理。天耶人耶，是耶非耶。在朝在野，何人不嗟。斯文之衰，吾道之丧。公既如此，吾属何望。

呜呼！天有倾回，地有缺陷。草木黄萎，金石销烂。阴阳阖辟，出入之门。鬼神往来，生死之根。譬之冰雪，其初为水。水固非一，冰雪非二。当其为水，居然峨峨。当其为雪，色映玉珂。返乎其初，冰亦无有。谓之太虚，谁测先后。公在世间，其心矞然。兹抗云表，谅鉴余言。尚飨。

卷二十　附录下

挽诗 徐元文

有仪者鸾，何翩斯颓？
有祥者麟，何角斯摧？
兰芝晨陨，楸槚暮开。
万化奄尽，怆矣其哀。

又

之子国彦，凤章芳问。

请业虎闱，礼举义振。

展策璇玑，金相玉润。

心乎爱矣，古训用竟。

又

帝曰尔才，简卫左右。

入侍细旃，出奉车后。

信著阙廷，才轶伦耦。

退沐有时，念结师友。

又

子之亲师，服善不倦。

子之求友，照古有烂。

寒暑则移，金石无变。

非俗是徇，繄义是恋。

又

灼其春华，讵曰非实。

殷其臄仕，讵曰非耆。

奋于高阅，儒素是饬。

言有慨慷，情无矫饰。

又

子兮能孝，乃弃晨昏。
子兮能忠，不究君恩。
飘零翰简，寂莫琴尊。
陈迹终往，朗誉长存。

又

玉树土埋，昔贤所痛。
曾是斯人，而能不恸。
黯然风回，悲哉日霣。
欲歌难终，惟情之壅。

又　彭孙遹

茂陵遗草尚如新，寂莫空堂撤瑟辰。

花拂茵帘偏易萎，玉埋丘陇竟何因？

郑庄驿舍生秋草，荀令香炉裹暗尘。

多少龙门旧宾从，筵前渍酒各沾巾。

又　严我斯

经年出入傍宸居，潇洒襟期物外疏。
马蹋花香金騕褭，砚承仙露玉蟾蜍。
趋朝秘殿垂清佩，退直闲窗看道书。
叹息文园多病后，只今谁似汉相如？

又

小筑花间旧草堂，芙蓉为帐墨为庄。
交游座上多缝掖，检点诗篇爱晚唐。
缑岭吹笙人独往，山阳闻笛自神伤。
可怜尘世元如梦，好辗飙轮出大荒。

又

花落空阶月到轩，每从佳日忆西园。

种来仙草难蠲忿，烧尽名香不返魂。

赋鹏可堪悲贾傅，买丝真欲绣平原。

悬知慧业生天上，人世蜉蝣且莫论。

又

通志堂前胜事多，好春时节一曾过。
兴来欲跨仙人鲤，客到还携道士鹅。
感旧故交惟有泪，伤心市上不闻歌。
池塘一带频回首，秋雨潇潇落芰荷。

又　孙在丰

最忆东堂日，芙蓉镜有君。

绛纱吾岂敢，玄草尔多闻。

抗节凌千古，登坛树一军。

犹余十年梦，风雨泣斯文。

又

落落君怀抱，交情澹始真。
世人成卤莽，吾道历荆榛。
自觉盟心在，谁论会面频？
三年两见汝，今日黯伤神。

又　王又旦

家承公辅贵，班列近臣高。
闲气标千古，清声彻九皋。
玉楼飞藻缋，仙乐奏云璈。
何遽观齐物，丁年自解弢。

又

于今推大雅，能不念修文？
泛爱无遗物，高怀自轶群。
绿尊空玉露，缥帙散香云。
竟掩宣尼袂，伤心处处闻。

又

宇宙堪长啸，雄才更有谁？
星精原久照，石火欻相移。
甲第荣三策，勋名迈贰师。
独来宾馆客，想像动余悲。

又

夙昔频相许，神交托此心。
春风迷紫陌，夜月杳青岑。
旧榻琴声冷，新松剑气阴。
凄凉蒿里饯，援笔有哀吟。

又 乔莱

每插金貂调紫宸，十年帷幄最亲臣。
只今三殿星班里，无复朱衣上直人。

又

弯弓下笔事难兼，天授奇才赋予偏。
七萃横行霄汉路，承恩独自奏甘泉。

又

遗文金石半销亡，好古冥搜雅擅场。
他日若为人物志，好将名姓继前杨。

又

文采风流剧梦思，寂寥吟院冷书池。
时无晕碧裁红手，一曲犹传乐府词。

又

时开宾馆倒芳尊，爱士情同挟纩温。
华屋山丘三叹息，不堪骑马过州门。

又

长埋玉树嗟何及，遽掩金刀痛莫追。
一恸寝门人歇绝，山阳诗酒更何时？

又　　秦松龄

卧病空山暑未阑，奉君书札劝加餐。
含情欲报闻君死，尺素重开雪涕看。

又

争说新恩宠赉频，八年宿卫一亲臣。
朋游聚散寻常事，端为朝廷惜此人。

又

家世由来近斗魁，螭头橐笔羡多才。
春风马上诗成早，知是甘泉侍宴回。

又

乌丝阑纸薄如罗，破体书成小令多。
南国空传红豆曲，画堂谁赋雪儿歌？

又

奉使龙沙路几千，归来身在属车边。
平堤夜试桃花马，明日君王幸玉泉。

又

容易秋笳绝塞回，千金不惜为怜才。
可怜季子前年死，墓上今谁挂剑来？

又

去年扈从到吴门，只爱扁舟泊水村。
今日觅君何处是？枫桥秋雨又黄昏。

又

渌水亭幽选地偏，稻香荷气扑尊前。
夜阑怕犯金吾禁，几度同君对榻眠。

又

顾生老友客平原，姜子相知比弟昆。

自怜白发江湖外，不得同渠哭寝门。

又

黄菊还开旧日丛，花间难与故人同。
秋灯共下伤心泪，只有桐江一钓翁。

又　　徐秉义

珥貂随彩仗，簪笔侍长杨。
盛业须钟鼎，升朝倚栋梁。
临池追小晋，掞藻逼中唐，
箕尾身骑去，名留天壤长。

又

好文常下士，别馆傍平津。
囊著千秋业，尊开四座春。
斑衣娱尚父，彩笔骇词臣。
扈从曾相遇，谁知永诀人。

又

音容殊未杳，万古隔同游。
浩气还阊阖，悲思动冕旒。
玉珂槐里月，素绋槿原秋。
欲报心知意，河源作泪流。

又　　朱彝尊

骤听黄鸡唱，惊随白马来。
百年嗟辍瑟，五夜尚衔杯。
泉下知安往，人间信可哀。
退朝怜相国，封篋忍重开？

又

通籍题毡笔，承恩换鹖冠。

射乌连矢发，走马万夫看。

禁直昏钟入，廊餐午箭残。

伤心倚闾望，东第少归鞍。

又

出塞同都护，论功过贰师。

华堂属纩日，绝域受降时。

凄恻传天语，艰难定月支。

敛魂犹未散，消息九京知。

又

屈指论交地，星终十二年。
斯人不可作，知己更谁怜。
翠渐深门柳，红仍腻渚莲。
旧游存没半，凄断小亭前。

又

主客披图得，云烟过眼谙。
吟花成绝笔，听雨罢深谭。
画里韶颜在，尊前丽语耽。
凭将肠断句，流转到江南。

又

别悔从前易，途伤此日穷。

回肠歌哭外，搔首寂寥中。

迹扫孤生竹，枝摧半死桐。

自今观物化，不诋释门空。

又　姜宸英

去去终难问，人间有逝波。
未酬前夕话，已失醉中歌。
万事一朝尽，千秋遗恨多。
平生知己意，惟有泪悬河。

又

自遣秦和至，方知二竖牵。

禁方亲赐与，天语更缠绵。

只欲酬明义，何关恃少年。

他时无限恨，凄恻少人传。

又

侍从张安世，名家晏小山。
承恩惟宿卫，适意在花间。
客至同开卷，朝回只闭关。
心期如有托，寂寞去尘寰。

又

意气嗟如昨，亭台本自幽。

非无感慨士，不少老苍流。

坐对殊方哭，生悬万古愁。

竹林哀自响，为尔起悲秋。

又

奉使属当年，提戈绝域边。
射生供宿膳，凿地出山泉。
宛马终来汉，星槎直到天。
俄闻中使告，惨澹素帷前。

又　董阆

所思人已往，怅望逐流波。
略结生前识，空悲死后歌。
报君明义重，爱士感恩多。
应有枯鱼泪，相过也泣河。

又

曲径风悲竹，高门云过山。
修文入天上，慧业出人间。
尘满书连幌，琴虚月映关。
惟余乐府意，潇洒寄区寰。

又　　梁佩兰

侍卫身名贵，朝端礼数优。
鹖冠随豹尾，鸡舌傍螭头。
气足雄三辅，人言似列侯。
还闻奏词赋，官欲上瀛洲。

又

宴会犹前日，韶华已早朝。
忍留丞相府，不见侍臣貂。
风雅真沦丧，乾坤半寂寥。
戟门丹旐影，一片冷萧萧。

又

少小矜才思，同时叹绝伦。
五云瞻日月，三策对天人。
掣笔香垂露，看花鸟弄春。
于今那得见，天上作星辰。

又

几榻交新网，图书黯旧纱。
尚巢红幕燕，谁护锦堂花？
亲泪深沾血，皇恩特祭茶。
北城当日幕，凄切更闻笳。

又

仗节唆龙日，关前柳正黄。
去驰千里马，行逐六骠王。
沙碛围毡帐，山川画虎囊。
功成人不见，地下报君王。

又

不死灵娥药，无人奉一盘。
竟骑蝴蝶去，谁作马蹄看？
绣服蒙金骨，银灯照玉棺。
素车千万乘，殡日送雕鞍。

又

佛说楞伽好，年来自署名。
几曾忘凤慧，早已悟他生。
舍利浮金掌，毗耶出化城。
赏吟风月在，一碧万峰明。

又

日有贫交在，缘君昔共亲。

尊前兰渚客，花下藕溪人。

检集缮千遍，登山哭万巡。

不堪肠断处，坟种白杨新。

又

轩冕曾无意，逢人说马曹。

太行知势险，北斗按心高。

笔墨留缣素，云霄想羽毛。

精灵如不散，一为降旌旄。

又

岭外遗书札，论交阅有年。
极知余薜荔，相劝客幽燕。
气谊无千古，胸怀实大贤。
岂期观物化，新冢象祁连？

又

饮水题诗卷，行边展画图。
一为云雨散，几处友朋孤。
泪作天河落，心将塞草枯。
平生无此哭，不是为穷途。

又

生死原无著，枯荣却自分。
楼台看落日，车盖叹浮云。
鸟影当前过，钟声昨夜闻。
芙蓉朝菱谢，零露更纷纷。

又　徐釚

共羡金安上，韶年拜奉车。
如何奇木对，翻作茂陵书？
诗思花铃寂，君恩药裹余。
应知谢太傅，不忍顾阶除。

又

新原俄宿草，笳韵咽槐风。

犀尘沈泉壤，金貂感侍中。

剑莲秋匣断，香穗晚篝空。

愁杀登床日，冰丝暗绿桐。

又　徐嘉炎

剑花沈处笔花枯，白玉楼成事有无。

妖梦琅邪亡长豫，伤心郓县育童乌。

频年宿卫天关迥，万里驱驰绝塞孤。

风雨奉车谁得似，秦松鲁桧昨秋途。

又

兰畹金荃早擅场，曾开银榜舞霓裳。
篇章好续尊前集，丹药难逢肘后方。
可有甜波来白海？空传鲛泪泣黄肠。
堪嗟北斗阑干候，结束飞尘入建章。

又

萧斋天际想真人，形影曾忘赠答频。
每读新词标侧帽，惊闻遗讣忽沾巾。
孤鸾舞罢方缠恨，别鹤弦摧更怆神。
玉树临风埋著土，不堪蒿里独生春。

又

乐府花间著作林，南朝宫体识余音。

玉笙吹彻含愁句，锦瑟传将惜别心。

三变遗声销柳七，九原同调得陈琳（谓迦陵）。

填词妙手今岑寂，中散当年痛抚琴。

又　周清原

嘉树生朝阳，_{陆机。}式瞻在国桢，_{任昉。}
上凌青云霓，_{司马彪。}承露概太清，_{曹植。}
何意回飙举，_{曹植。}恍惚似朝荣，_{鲍昭。}
落英陨林趾，_{潘岳。}黄鸟为悲鸣，_{陆机。}
杳杳落日晚，_{潘岳。}昭昭素月明，_{王粲。}
有怀谁能已，_{颜延年。}寤言涕交缨，_{陆云。}

又

眷言怀君子，_{谢灵运}。凄怆伤我心，_{阮籍}。

弱冠参多士，_{鲍昭}。邦彦应运兴，_{陆机}。

既通金闺籍，_{谢朓}。怀抱观古今，_{谢灵运}。

诗书敦夙好，_{陶潜}。翰墨久谣吟，_{王僧达}。

蔚若朝霞烂，_{陆机}。清如玉壶冰，_{鲍昭}。

形影忽不见，_{曹植}。思君徽与音，_{阮籍}。

又

世冑蹑高位，_{左思。}十载朝云陛，_{谢朓。}
托身承华侧，_{陆机。}列侍紫宫里，_{左思。}
夕息旋直庐，_{陆机。}晨趋朝建礼，_{沈约。}
延纳厕群英，_{谢灵运。}贤达不可纪，_{谢灵运。}
舒文广国华，_{颜延年。}清机发妙理，_{曹摅。}
赋诗连篇章，_{刘桢。}遗音犹在耳，_{潘岳。}

又

振衣独长想，<small>陆机。</small>徒倚怀感伤，<small>十九首。</small>

翰墨有余迹，<small>潘岳。</small>茵帱张故房，<small>潘岳。</small>

宾友仰徽容，<small>陆机。</small>清埃播无疆，<small>谢瞻。</small>

千载垂令名，<small>江淹。</small>一绝如流光，<small>傅咸。</small>

碧树先秋落，<small>江淹。</small>零泪沾衣裳，<small>谢灵运。</small>

惨怆发哀吟，<small>张绪。</small>长叹不成章，<small>谢灵运。</small>

又　　李澄中

素旐青门去，良朋白马来。
修文终地下，射虎果雄才。
寂寂归幽室，冥冥闭夜台。
平生游览处，触境总堪哀。

又

应待螭头笔，翻依豹尾旗。
枫宸名久著，薤露世堪悲。
山雨侵灵几，秋风冷繐帷。
格心怜属国，温语九泉知。

又　　徐树毂

终贾龄方茂，文星遽掩芒。
凤怜毛忽陨，麟惜趾偏伤。
扈辇恩何渥，传经泽未忘。
如今繐帷处，前夜读书堂。

又

花满春江曲，凌云遇最先。

清词繁玉露，彩笔丽金荃。

磨盾才原敏，临池法更妍。

斯人今不起，大雅复谁传？

又

器本青云秀，情逾白玉温。
嗜书留秘帐，执礼到夷门。
瞑带辞亲泪，行迷恋阙魂。
只余芳宴地，冷月下西园。

又

每出平津馆，常来杜曲车。

论心双迹外，投分十年初。

宁忍闻邻笛，空怜检箧书。

迢迢天上路，望绝玉楼居。

又　　徐炯

惨澹郊原色，槐风咽暮笳。
土中埋玉树，天上别灵槎。
古道通门旧，高文举世夸。
言寻读书处，涕泪洒青霞。

又

昌宇曾骖乘，申屠试蹻张。

应知从细柳，时复献长杨。

万里金骒裹，三河绣裲裆。

鞞鞴留白羽，还忆落双鸧。

又

市骏能怜骨，雕龙解作鳞。

临邛邀倦客，堂阜脱羁臣。

梦断香莲幕，心摧宿草轮。

平原如可绣，花簇赵州春。

又

龙蠖三台札，繁华四姓侯。
城南推韦杜，江左擅风流。
竟谢乌皮几，空怀紫绮裘。
芙蓉城畔路，应与曼卿游。

又　王九龄

对策当年上驭娑，久瞻才望郁嵯峨。
文章梦吐扬雄凤，挥洒书笼逸少鹅。
流水朱弦能和寡，倾身白屋感恩多。
长埋玉树真堪恨，叹息惟应唤奈何。

又　陆肯堂

相国生才子，传家实象贤。
盛名嗟殁后，余事忆从前。
凤穴千寻起，龙门百尺悬。
致身由甲第，揆藻正丁年。
赤管辉煌日，青云指顾边。
既来香案吏，应作玉堂仙。
命岂文章厄，官仍禁近联。
独蒙恩眷注，常与帝周旋。
暂出烦骖乘，归来侍御筵。
风前看侧帽，花外听鸣鞭。
单骑巡边去，双旌报命还。
乞降言果验，劳使旨曾宣。
世尽夸腾踔，公犹感伏跧。
读书弥折节，下士或随肩。
东阁时方启，西园客屡延。
岁输千匹绢，月俸一囊钱。
有誉皆邀赏，无才不受怜。

例从文选起，语自衍波传。

手著都成集，分雠每绝编。

时时开玉笥，一一志金荃。

真觉才难尽，从知嗜独专。

门风资济美，物望倚陶甄。

荣悴宁关数，苍茫欲问天。

百身余悼惋，一病竟沉绵。

私痛惊飞鹏，余哀咽乱蝉。

风流今已矣，勋业卜终焉。

泽被皇仁厚，天教至性全。

治丧优诏许，宅兆故侯迁。

落日山阳笛，秋风中散弦。

执鞭空有愿，接席永无缘。

脉脉愁孤剑，沉沉奈九泉。

异时看史策，画像在凌烟。

又　吴自肃

不尽酬知意，兰阶脉脉通。

联床思夜雨，怀刺忆春风。

忽促斯人驾，应怜吾道穷。

伤心歌楚些，无处问苍穹。

又

人方推国士，天竟妒奇才。
遗稿留神护，招魂动鬼哀。
花间堂尚在，枕畔梦还来。
珍重西河泪，无劳洒夜台。

又　邹显吉

风雅应千载，知交仅几人。
一编遗侧帽，再读倍沾巾。
投分忘车笠，伤心慰贱贫。
从兹兰蕙气，香散不堪纫。

又

不觉衡门里，飘零泪暗倾。

死难忘帝眷，生不愧朋情。

晓箭听青琐，寒宵话白萍。

回思当日事，怅望暮云横。

又　杨辉

忽得骑虬信，怆然欲断魂。
盛名犹在世，大雅竟谁论？
风雨怀前喆，存亡感旧恩。
天心不可问，清泪泣黄昏。

又　吴雯

频年京洛感衣尘，本自横汾旧隐沦。
忽以海南题柱客，浪传河上纬萧人。
感因道德交方古，气为文章意益真。
许尔千秋是知己，伤心便作九原身。

又

片语端能订久要，合欢花下和吹箫。
琴尊笑语违三日，裙屐风流隔六朝。
岂敢再过丞相府，惟应常梦侍中貂。
夜台先有阿蒙在，且省茫茫怨寂寥。

又

早年声誉重瑶林，中岁承恩紫禁深。
安世诗书尊扈跸，元成阀阅竞冠簪。
文章颇厌当时望，事业终悬薄海心。
哀乐随人从不敢，为君特地一沾襟。

又

十载曾闻幼妇辞，愿将银管写乌丝。

愁当鹦鹉争传处，痛在玲珑再唱时。

旧谱漫教虫网遍，闲情空有笛人知。

从今锦字休零落，一认弓衣也泪垂。

又　邵锦标

棨戟仍排户，图书已锁门。
凄凉看白旐，容易哭黄昏。
高垄栽新柏，前山出断猿。
巫阳不可问，何处欲招魂？

又　刘雷恒

修短偏难问碧虚，哀音忽寄北来书。
清门有种承台席，仙牒无情泣奉车。

又

莽路相逢眼倍青，寒庐抱影叹伶仃。
客愁日暮迷云树，不道秋风堕岁星。

又

赠言挥手托风轮，怀袖相依便面亲。
难禁秋来开什袭，墨痕黯澹泪痕新。

又

唾珠咳玉积千函，侧帽新词恣美谈。
若鉴幽思悬冀北，夜台须唱望江南。

又　宋大业

英贤分岳秀，才子禀星精。
尺五家声远，奎三气象横。
文章推小许，经术重元成。
射策登先甲，擒华擅两京。
银钩书劲美，铜钵句铿鍧。
好学心逾切，执谦志不盈。
八叉新咏就，三影丽词清。
下士常延誉，怜才有鉴衡。
解衣欣赠纻，置腹感推诚。
公望谐时论，畴咨系圣情。
方看朝旭曜，俄叹夕阳倾。
玉树埋何痛，金徽黯不鸣。
人间逝水急，天上赋楼迎。
雨冷书销蠹，魂迷梦泣琼。
孤寒摧广厦，寰宇失连城。
世讲关情重，衔哀荐一觥。

挽词　满江红　蔡升元

年少翩翩，早曾到、曲江筵上。春堤畔、金鞭玉勒，桃花初涨。射策旧看飞上苑，承恩特赐趋仙仗。记星班、常在御屏风，香烟傍。

供奉曲，清平唱。校猎赋，长杨壮。羡风流文采，雕翎虎韔。骖乘却陪梁父禅，乘槎直溯天河浪。叹从今、三殿少朱衣，空惆怅。

又

珠履三千，浑不数、雕龙绣虎。曾几日、分题刻烛，移商换羽。一片玉河桥畔水，数声金井梧桐雨。最凄清、闻笛向山阳，人何处。

座上士，松枝尘。尊中酒，花间度。剩荒烟蔓草，销魂难赋。渌水亭边宾从散，乌衣巷口衰杨舞。纵蛮笺、十样写新词，何情绪。

又

　　跃马弯弓，偏彩笔、能工绮语。都付与、雪儿檀拍，异才天赋。坐上朱弦清悄韵，曲中红豆相思句。正柔肠、谱到断肠词，春无主。

　　山月暗，乌啼曙。银烛炮，风吹露。叹晨曦易夕，人琴已去。燕子楼头红粉泪，杜鹃声里黄昏雨。只兔葵、一片对刘郎，悲前度。

满江红　　沈朝初

　　搔首青天，问底事、偏嫌才子。休比似、彩云易散，琉璃多脆。璞玉浑金人卓荦，裁云缝月词清丽。想岁星、不耐住黄尘，人间世。

　　斑虬管，文鸾翳。蓉城主，璃楼记。逐群仙上下，大荒游戏。哀笛斜阳愁客听，孤琴流水为君碎。忍埋将、瑶树向青山，情何已！

又

兰锜家声，传朱户、荣同伊陟。记早岁、五云胪唱，郗林射策。凤诏挥毫螭陛下，龙津侍宴鸡翘侧。掌期门、三十侍中郎，承恩泽。

桃花骑，蜃珂勒。莲花锷，鲛鱼室。羡禁中颇牧，烽消沙碛。玉塞功名追定远，金城方略思充国。待他年、铁面画麒麟，生颜色。

又

内殿春晴，给笔札、金门奏赋。凌云气、至尊亲赏，文场独步。紫凤天吴光璀璨，珊瑚宝树枝回互。问年来、待诏满公车，谁堪伍？

颂酒德，歌琴绪。冠柳集，生花句。更墨池笔冢，跳龙卧虎。岂羡毫从江令足，还期衮待樊侯补。任苍生、望绝士林悲，摧天柱。

又

　　骏马台边，更别筑、翘林高馆。勤吐握、孔融坐上，宾朋常满。寄远争投青玉案，分题竞涤红丝砚。算兰亭、梓泽旧风流，今从见。

　　南皮会，西园宴。张融尘，袁宏扇。笑臣饥索米，几同游衍。鱼鸟无依山海竭，芝兰空叹泉台掩。筮巫咸、楚些漫招魂，归来晚。

江城子　高裔

　　日餐沆瀣饮金茎，擅科名，上蓬瀛。却为多才侍从拥霓旌。桂殿芝房曾出入，俄不见，总伤情。

　　羲和飞辔几时停？夜台扃，杳冥冥。忆昔边疆万里请长缨。待到归降人已殁，宣诏谕，九泉听。

满江红　华鲲

　　生死悲欢，总莫向、先生浪语。只应是、禅关悟错，未圆初地。宿世多闻余慧业，回光一念谐尘趣。问匆匆、三十一年中，声何誉？

　　完业果，王侯第。偿情债，君亲谊。也随他、功名诗酒，等闲游戏。著处因缘都舍却，本来面目今犹记。认茅菴、未冷旧蒲团，还归去。

洞仙歌　俞兆曾

　　灵祇何意？送谪仙归去。寻遍蓬莱旧时侣。叹飘飘高举后，假翼难登，凝云散、何自要回天路？

　　依然阑槛外，柳碧花香，帘锁清阴镇如许。问新来，倚床选梦，侧帽徵歌，凄凉付、一霎西窗风雨。已壁毁柯摧、涕沾襟，忍想到、山前白杨零语。

又

英英灼灼，美敷华摛藻。珥笔登朝德星耀。记蕊宫珠榜列，林店沾红，吟情在、暖日浓烟芳草。

君恩称异数，珍重还留，御案边傍把书校。算随他、闲依玉署，卧老花砖，何如是、侍从长杨春晓。每抵得、东华曙光寒，对落月疏星，句成清悄。

又

秋来校猎，向千山飞箭。一发云中堕双雁。遇太平天子日，塞北江南，巡游地、长在龙旌前面。

银鞍珠络马，繁弱初弯，蹄触金飙疾于电。视沙堤、兽肥草浅，木脱霜浓，鹰瞵细、呼上臂鞲声健。便蹑巇摧丛、晚来归，还觅到、填词碧琉璃砚。

又

　　天涯倦旅，忆长安巷陌。藕荡渔人眼青白。却阮囊羞涩候，荡子心情，偷声谱、制就木兰花阕。

　　东皇舒霁色，赌酒分题，小院熏炉篆香爇。任才人、挥毫展彩，拂尘雄谈，移情问、江上暮春三月。经几度蛮笺、写乌丝，浑不似、彤墀珥金貂客。

又

梅梢烘破，恰烧灯庭院。绝塞羁人乍相见。更曲阑香径外，一笑掀髯，而今数、多作玉楼吟伴。

三年重到处，浣罢征尘，旋续南皮向时宴。怪归帆、芙蓉湖外，才了莺花，浓阴际、懊恼将离开遍。刚卸却荷衣、逐群芳，又梦断金华、子规啼怨。

又

红云送燠，报鸾舆初驾。整顿飞黄已多暇。喜合欢含蕊早，占取幽芬，桃花纸、写到闲情夜夜。

堪悲能几日，冷逼虚堂，星陨山颓闭长夏。纵天家、神方屡赐，中省频来，难留住、梦逐夕阳西下。但检取遗编、再三看，空望绝瑶池、羽衣多化。